CLAUDIA ELISABETH

Trink das Blut der Wölfin

CLAUDIA ELISABETH

Trink das Blut der Wölfin

Lebe wild und gefährlich – und zahle den Preis

Roman

Dieses Buch ist auch als eBook erhältlich.

Copyright © 2022 CLAUDIA ELISABETH
Alle Rechte vorbehalten

Claudia Elisabeth Bammert
Blausternweg 32
80995 München
www.claudia-elisabeth.de
info@claudia-elisabeth.de

Das Werk ist urheberrechtlich geschützt.
Sämtliche, auch auszugsweise Verwertungen bleiben vorbehalten.

Covergestaltung: Andreas Hagl, pixelhoch.de
Coverfoto: Claudia Elisabeth Bammert

ISBN 978-3-00-073341-3

Für Agnes Weiß, Agnes Bernauer, Vera Brühne, Surmelina, Esmeralda

und das Glitzern auf dem Schnee.

1 Es brennt Licht

Lauter als der Schnee, der unter meinen Schuhen knirscht, ist das Knacken der Holzscheite. Ich wende den Kopf nach rechts. Meine Füße gehen geradeaus weiter, obwohl ich stehenbleiben will. Meine Schulter berührt die Hecke. Von den wenigen vertrockneten Blättern rieselt der Schnee auf meinen Mantel.

Durch das Geflecht der dürren Zweige blicke ich in den Garten unseres im Sommer stets dicht eingewachsenen Nachbargrundstücks. Nur selten ist dort jemand zu sehen. Nur selten klingen Laute aus dem Haus oder über die Hecke.

Doch nun … Wieder und wieder schickt knackendes Holz unvermutete feine Rufe in die Stille des Winterabends. Und ebenso unvermutet wie fein berührt mich mit dem von der Hecke gleitenden Schnee ein sonderbares, durchs Geäst rieselndes Licht. Ein goldgelbes Flackern findet seinen Weg durch die kleinen kahlen Räume, die Herbst und

Winter im sonst so satt gefüllten Heckenwall geschaffen haben. Das dichte Strickwerk aus grünen Blättern hat der Jahreslauf sich genommen – doch gleichzeitig Raum geschaffen. Für Feines. Unvermutetes.

Eine mir fremde Helligkeit offenbart sich im Garten des versteckten Hauses auf Nummer 12. Fremd, doch auch freundlich. Gleichsam nickend. Winkend.

Ich bleibe stehen.

Einer Art von Einladung folgend kommt nun Konzentration in meinen Blick. Ermutigt von dem ungewöhnlichen Licht, das mir Dank der neuen Durchlässigkeit einer über lange Zeit gewachsenen Grenze entgegenstrahlt, wandelt sich meine überraschte Aufmerksamkeit in ein bewusstes Beobachten.

Als würde ich ein Fernglas justieren, stelle ich meine zusammengekniffenen Augen scharf. Und erkenne nun erst die Quelle dessen, was mich Zaungast im Vorbeigehen berührt: Auf der Terrasse steht eine Feuerschale. Das Knacken, das Leuchten, es erklingt und erhebt sich aus dem dunklen Gefäß. Und die Flammen sind nicht gerade klein. Ein normales Lagerfeuer ist das nicht.

Tanzend, zuckend, wellenförmig und eckig zugleich verzahnen sich die lodernden Zungen des kraftvollen Lichtscheins. Der dunklen Schale entsteigt etwas Grelles, Schnelles. Pfeile, die nach oben schießen – um sich ebenso schnell wieder zurückzuziehen. Blitze, mal von oben, mal von unten. Mal golden. Mal weiß. Dazwischen ein paar Schneeflocken. Dann wieder das Schwarz der Nacht.

Immer deutlicher nehme ich nun das Weiß in den Flammen wahr. Es zuckt. Es tanzt. Ein seltsamer Tanz. Ein unruhiges Strecken, ein Wegwollen. Nach oben. In die Nacht.

Wie weiße Fahnen im Wind. Zappelnd. Fast ängstlich.

Doch auch sehnend. Zielgerichtet. Dorthin. Nur dorthin. Nach oben.

Sehnend. Flehend.

Ein Schauder überfällt mich. Von dem Schnee auf meinem Mantel ist etwas in meinen Nacken gerutscht.

Plötzlich habe ich das Bild eines Jägers im Kopf. Eines Jägers, der des Nachts durch den Wald streift. Dort lautlos einen Hochsitz erklimmt – um kurz darauf über einer weiten Lichtung das Gewehr anzulegen.

Es ist mehr als einer. Es sind viele. Ich sehe Jäger, überall Jäger.

Verschwunden ist das Bild. Einfach weg.

Schon will ich meinen Weg fortsetzen, als ich plötzlich Frau Holl auf das Feuer zugehen sehe. Ganz nah steht sie nun dort, sehr nah. Ich finde, zu nah. So nah stellt man sich doch nicht ans Feuer. Gleich wird ihr Mantel brennen, denke ich mir. Oder ihre Haare fangen Feuer.

Die Schneeflocken werden zahlreicher. Eilen geradezu herbei, wirbeln um das Feuer.

Frau Holl hält den Kopf nach unten gesenkt. Die Flammen spiegeln sich auf ihrer Haut. Das Gesicht glüht. Es leuchtet. Was für feine Gesichtszüge sie hat. Eine schöne Frau. Auch wenn sie schon alt ist.

Der geschmolzene Schnee läuft über meinen Rücken nach unten. Der Schnee hat sich in Wasser verwandelt. Durch mich. Auf mir.

Jetzt sind es Tropfen.

Wieder will ich mich zum Gehen wenden. Noch einmal sehe ich in Frau Holls Gesicht. Da erkenne ich, dass sie weint. Der Widerschein des Feuers offenbart ihre Tränen. Ihr Gesicht ist überströmt von Tränen.

Es sind Tränen. Es sind Tropfen.

„Manu! Wo bleibst du denn!"

Der letzte Tropfen rutscht meinen Rücken entlang. Die letzte Träne. „Ja, Mama. Ich komme."

„Wo warst du denn so lange? Du hast doch gesagt, du kommst gleich nach …"

„Entschuldige, Mama … Ich … hab bei Frau Holl noch in den Garten geschaut. Da war so ein besonderes Licht."

„Ach, die komische Alte. Verbrennt wieder irgendwas im Garten. Der Gestank zieht bestimmt wieder zu uns rüber. Aber jetzt komm weiter. Papa und Lea warten auf uns."

Mama nimmt mich bei der Hand und wir gehen gemeinsam zum Kirchplatz. Noch bevor wir die ersten Stände des Weihnachtsmarktes erreicht haben, trifft Mama eine Arbeitskollegin. Sie wolle sich noch ein bisschen mit ihr unterhalten, sagt sie zu mir. Ich solle schon vorgehen zur Bratwursthütte. Dort würden Vater und Lea auf uns warten. Sie käme in ein paar Minuten nach. „Aber du hast ja Julia noch gar nicht richtig begrüßt, Junge. Sag mal schön *Guten Abend* …"

Ich sage schön *Guten Abend* und stapfe alleine weiter. Als ich den Kirchplatz erreicht habe, schlendere ich langsam an den Ständen entlang. Und überlege mir, für wen ich noch Geschenke brauche. In vier Tagen ist Weihnachten.

Für Mama habe ich schon etwas gebastelt: Eine Schmuckaufbewahrung aus leeren Streichholzschachteln. Aufeinander gestapelt und aneinander geklebt. Innen mit bunten Stoffresten ausgekleidet. Und außen mit goldener und silberner Farbe bemalt.

Für Vater habe ich auf dem Weihnachtsflohmarkt in der Schule ein Taschenbuch gekauft: *Der Schimmelreiter* von Theodor Storm. Ich weiß nicht, worum es in diesem Buch geht. Aber ich habe einmal gehört, wie er Mama erzählt hat, dass er als Bub gerne Reiten gelernt hätte. Doch seine Eltern hatten es nicht erlaubt. Da dachte ich mir, dass er sich bestimmt über das Buch freuen würde.

Für meine Schwester Lea habe ich noch nichts. Vielleicht werde ich hier etwas für sie finden. Es ist nicht leicht, ihr etwas zu schenken. Zumindest für mich. Es ist anstrengend. Nichts, was ich ihr bisher geschenkt habe, hat ihr wirklich gefallen.

Aua. Meine Schulter ist verletzt. Ein spitzer Pfeil schiebt sich durch meinen rechten Arm, bis in die Fingerspitzen. Nein. Doch kein Pfeil. Aber genau so hat es sich eben angefühlt. „Mensch, Manuel! Kannst du nicht aufpassen!" Jemand hat mich angerempelt. Es ist Jonas. Er geht in meine Klasse. Bin ich mal wieder dumm im Weg gestanden?

Vor lauter Gedanken an Geschenke habe ich es nicht gemerkt.

Meine rechte Schulter tut sehr weh. Mein Arm und meine Hand schmerzen ebenfalls. „Manuel steht immer im Weg." Nun baut sich Jonas' Busenfreund Luis vor mir auf. „Verpiss dich, Manu. Sonst gibt's Saures."

Ich sage keinen Ton. Saures habe ich erst letzte Woche auf dem Schulhof bekommen. Daher sehe ich zu, dass ich schnell den Weg freimache. Die beiden rufen mir noch irgendetwas hinterher. Ich brauche die Worte nicht zu verstehen. Ich weiß auch so, dass es nur wieder um Saures gehen kann.

Jetzt schlägt die Kirchturmuhr. Ich mag den Klang der Glocken. Er ist kraftvoll. Aber auch beruhigend. Er ist wie ein tröstendes Wort. Ich streichle meinen rechten Arm. Ich zähle die Glockenschläge. Es ist sechs Uhr. Nach dem letzten Glockenschlag blicke ich hinauf zum Kirchturm.

Ich denke an die vergangene Woche, an den Abend, als ein Arbeitskollege meines Vaters und seine Frau uns zu Hause besucht haben. Der Mann hat mich gefragt, was ich denn später einmal werden wolle. Das haben mich meine Eltern noch nie gefragt. Und da ich viel darüber nachdenke, wie ich später einmal leben möchte, sagte ich das, was ich mir eben überlegt habe. Ich sagte, ich würde gerne in einem Leuchtturm arbeiten.

Der Mann und seine Frau haben schallend gelacht. Meine Mutter hat gelächelt. Aber nur kurz. Denn sie hat gesehen, dass mein Vater nicht lächelte. Ich habe es auch gesehen.

Da hat Lea gerufen: „Ich werde später Jura studieren, wie Papa!"

Mein Vater hat mich auf mein Zimmer geschickt. Später gab es Saures.

Noch einmal sehe ich hoch zum Kirchturm. Wie hell die goldene Uhr angestrahlt ist. Wie feierlich das Kupferdach auf dem Turm glänzt. Ein Kirchturm ist doch irgendwie auch ein Leuchtturm, denke ich mir. Ich weiß nicht, was verkehrt daran ist, Türme toll zu finden.

Ich jedenfalls bin mir sicher: In einem Turm möchte ich einmal arbeiten. Es könnte auch ein Kirchturm sein.

Von einem Leuchtturm aus kann ich Sirenen aufheulen lassen, wenn Menschen sich im Nebel verirren und mit ihrem Schiff das rettende Ufer suchen. Und ihnen ein Licht senden. In einem Kirchturm kann ich mit der Glocke läuten, um den Menschen eine gute Botschaft zu schicken. Ich habe gehört, dass man in die Kirchenglocken Worte, Sätze, Wünsche, Gebete eingraviert. Einen schönen Gedanken. In eine riesige Glocke. Auf diese Weise kann man einen Riesengedanken zum Klingen bringen und in die Welt schicken. Was für eine wunderbare Vorstellung. Aber auch was für eine große Verantwortung. Denn es muss schon ein wirklich guter und wertvoller Gedanke sein, den man da mit solcher Macht verschickt.

Und die Sirene, die aus einem Leuchtturm schallt: Sie muss laut sein. Ja. Sie muss das Getöse im Meer, das gewaltige Rauschen der peitschenden Wellen übertönen. Doch ihr Klang sollte auch angenehm sein. Wohltuend wie das Glockenläuten vorhin. Ein warmer Ton. Gehaucht. Mehr wie eine Flöte. Oder wie eine spanische Gitarre. Ein kunstvolles Musikinstrument. Das Hoffnung verbreitet, Zuversicht. Den richtigen Ton zur richtigen Zeit in die Welt schickt. „Haltet durch! Gebt nicht auf! Ihr seid auf dem richtigen Kurs! Bald seid Ihr am rettenden Ufer und bekommt einen warmen Tee vom Leuchtturmwärter!"

Und das bin dann ich! Das würde mein Weg sein.

Doch erzählen kann ich es anscheinend niemandem.

Ich schlendere weiter. Ein Wind kommt auf und ich ziehe mir meine Kapuze über. Da sehe ich vor mir auf dem Weihnachtsmarkt einen Stand, der letztes Jahr noch nicht hier war. Weiße Flocken tanzen darin auf und ab, hin und her. Weiße Flocken? Schneeflocken? In der Holzhütte?

Wie kann das sein?

Je näher ich an den Stand mit den Flocken herankomme, desto stärker wird der Wind. Und als ich mich schließlich direkt davor befinde, da kann ich den weißen Wirbel tatsächlich schweben sehen.

Wie weiße Fahnen im Wind. Zappelnd. Fast ängstlich.

Staunend blicke ich auf zu dem wunderlichen Tanz. Ein schwingender Flaum aus weißen molligen Daunenfedern vollführt diesen sonderbaren Reigen. Jede einzelne Feder lässt ein nahezu unsichtbarer Faden von der Holzdecke baumeln. Und an jeder von ihnen ist eine kleine Holzkugel angebracht. Mit fein aufgetupften Pinselstrichen. Zwei Augen, ein Mund. Ein Staunen. Ein scheues Lächeln. Auf dem Holz. Und auch bei mir.

An jedem Federchen glitzert zusätzlich etwas Silbernes, Goldenes oder etwas Buntes: Ein kleines Musikinstrument, ein Wollknäuel, Blumen, ein kleines Reh und andere Tiere.

Jede dieser Kleinigkeiten wird von einer Flocke getragen.

Wieder fährt eine Windbö in die Federn. Die kleine Flöte, bunte Wollfäden, ein Fuchs … – wild wirbelt alles auf den weißen Flügeln durch die Lüfte. Um wenig später wieder ruhig nebeneinander zu schweben. Jedes Flugobjekt an seinem Platz.

Doch wer hat ihnen ihren Platz gegeben? Wer ist der Weihnachtsbastler? Ich recke mich ein wenig. In der Holzhütte ist niemand zu sehen.

Was für ein wunderbarer Stand. Wie eine eckige Schneekugel. Mir ist, als stünde ich inmitten einer Schneekugel.

Eine Kugel. Ein Schuss. Die Jäger, sie johlen.

Deutlich sehe ich die Jäger vor mir. Es sind unglaublich viele. Nahezu das ganze Dorf.

Oje. Ich muss zu meinem Vater. Der Bratwurststand. Wo ist er?

Ich fange an zu laufen. Dort, das Feuer. Ja, da ist es. Ich sehe meinen Vater. Er trägt Lea auf dem Arm. So klein ist sie nun auch nicht mehr. In der anderen hält er ein Glas mit einem roten Getränk.

„Na, Manuel, da bist du ja!" Jemand streichelt mir über den Kopf. Es ist mein Onkel Jens. „Möchtest du eine Bratwurst?" Ich sehe auf das verkohlte Grillgitter über dem offenen Feuer. Ich sehe Flammen. Sehe Rauch. Ich höre das Knacken von Holz. Ich rieche verbranntes Fleisch. Höre lautes und derbes Lachen. Ich höre Johlen und Schreien. Meine Augen brennen. Ich sehe weiße Flocken. Sehe Licht. Ich schmecke etwas Warmes in meinem Mund.

„Junge, was ist mit dir?" Onkel Jens beugt sich zu mir herunter. „Mensch Junge, du blutest ja! Deine Lippen bluten!"

Da muss ich mich übergeben.

2 Der berührende Blick

„Und jetzt die nächste Reihe, Manuel. Kannst du die auch noch lesen?"

Ich sehe Buchstaben, ich sehe Zahlen. Ich kann alle gut erkennen. Aber ich möchte sie nicht vorlesen.

„Herr Doktor, ich bin nicht krank."

„Das denke ich auch nicht. Wir machen diese Tests nur, um sicherzugehen. Mach dir keine Sorgen. Nach dem Sehtest sind wir fertig."

Ich kenne Dr. Frank schon lange. Er war immer nett zu mir.

Nur einmal nicht. Das war, als ich ausnahmsweise mit meinem Vater in seiner Praxis war, und nicht mit meiner Mutter. Ich hatte das Gefühl, dass mein Vater und er, dass sie sich nicht besonders mochten. Normalerweise fragte mich Dr. Frank immer, was ich denn gerade für ein Buch las. Und dann unterhielten wir uns ein bisschen darüber.

Als mein Vater dabei war, hat er nicht gefragt. Eigentlich hat er so gut wie überhaupt nicht mit mir geredet.

Es war ein Gespräch zwischen den beiden Männern. Aber ein Gespräch mit sehr wenigen Worten. Es kam mir vor wie ein geschäftliches Treffen. Auch wenn ich noch nie bei einem solchen Treffen dabei war. So stellte ich es mir jedenfalls vor. Kurze Sätze. Viel Schweigen. Viel Nachdenken. Genaues Überlegen, was man sagt. Und wie und wann man es sagt. Es war eine Art von Spiel. Mit genauen Regeln. Und jeder der beiden passte auf, dass er ja nicht gegen die Spielregeln verstieß. Denn sonst hätte er das Spiel verloren.

Beide waren sehr konzentriert damals. Ich hatte das Gefühl, sie kannten dieses Spiel sehr gut.

Sie spielten es nicht zum ersten Mal.

Ich merkte, dass ich störte. Obwohl es doch eigentlich um mich gehen sollte. Ich hatte Fieber. Und mein Hals brannte wie Feuer.

Jetzt, in diesem Moment, in dem ich mit Dr. Frank allein in seinem Sprechzimmer bin, kann ich noch einmal genau die Stimmung von damals nachempfinden.

Die Kälte der Unterhaltung. Und die schreckliche Hitze in meinem Körper.

Dr. Frank steht neben mir. An einem Gerät, mit dem er die Zahlen und Buchstaben an die Wand wirft.

Der große schwarze Ledersessel an seinem Schreibtisch, auf dem er sonst immer sitzt, ist leer.

Plötzlich ist der Sessel nicht mehr leer. Ich sehe etwas Weißes. Dürres. Ohne Fleisch.

Es ist ein Skelett.

Merkwürdig. Es erschreckt mich nicht. Ich habe keine Angst.

„Herr Doktor, was lesen Sie denn gerade für ein Buch?"

„Manuel, wir sind noch nicht fertig mit dem Sehtest."

„D–E –F –P–O–T–E–C, L–E –R–O–D–P–O–D, F–D–F–L–F–C–E–O"

Dr. Frank zieht die Vorhänge zurück. Danach schaltet er das Leuchtgerät aus. Er atmet tief ein und aus. Dann geht er um mich und um seinen Schreibtisch herum. Wo vorhin noch das Skelett saß, sitzt jetzt er.

Er ordnet ein paar Papiere vor sich. Dann lehnt er sich zurück. In dem Stuhl, der eben noch besetzt war. Dann sieht er mich an.

Ich mag seine Augen. Sie sind braun wie Kastanien. Und ich liebe Kastanien. Weil sie so geschmeidig in der Hand liegen. So beruhigend. Glatt und rund. Nachdem man sie bei einem Spaziergang vom Boden aufgehoben hat. Und sich an ihrer elegant glänzenden braunen Schale erfreut. Die Schale streichelt die Haut. An einem sonnigen Tag im Herbst. Mit viel Wind. Vielleicht auch Regen.

Es fühlt sich gut an, Kastanien in seiner Jackentasche zu haben. Und mit ihnen nach Hause zu gehen. Die Zeit der Geborgenheit in ihrer stachligen grünen Hülle haben sie nicht vergessen. Die haben sie in sich gespeichert. Genauso wie die golden und zugleich erdig leuchtenden Farben des Herbstes.

Golden und erdig zugleich? Als die Zeit gekommen war, haben sich die Kastanien mit ihrer grünen Hülle vom Baum gelöst. Bereit für den Aufprall. Für die Vereinigung von Gold und Erde. Das Gold der Sonne und das Braun des Bodens.

Wie so vieles scheinbar Unvereinbares bringt nur eine solch machtvolle Begegnung von Gegensätzen staunenswert Neues hervor. Die Wucht des Aufpralls schenkt der jungen glänzenden Frucht die Freiheit. Bringt den Glanz erst zum Vorschein.

Im Herbst ist die Zeit für staunenswert neue Früchte gekommen. Für Kastanien wie für Äpfel, Nüsse, Kürbis, Wein. Sie alle sind bereit, sich zu verschenken.

Wenn es noch warm ist, aber nicht mehr heiß – und schon etwas kühl, aber noch nicht kalt. Wenn sich Mensch und Natur auf einen großen Übergang einstellen. Wenn das Licht des Tages weniger wird. Trifft dann ein spinnwebenfeiner Sonnenstrahl auf rote Apfel- oder braune Nuss-Schalen, auf gelbe und grüne Blätter, auf glänzende Kastanien, sehen verliebte Spaziergänger sich in die Augen und sagen: *Was für ein herrlicher, was für ein geschenkter Tag – den ich mit dir verbringen darf, mein Schatz.*

Mit den Früchten kommt Freude auf über den Wechsel der Zeit. Den Wechsel der Jahreszeit. Den Fortgang des Lebens. Der Mensch erfreut sich an der Ernte, die er einholen darf.

Keine Früchte ohne den Wandel der Zeit.

Wer ernten darf, ist einverstanden mit dem Lauf der Dinge.

Die Augen von Verliebten sehen all dies besonders gut. Sie sehen das Glück der Welt.

Die Sonne und der Regen des Sommers haben für die nötige Fülle gesorgt. Die nachfolgenden Stürme und später der Schnee werden ebenso willkommen sein.

Wenn es Zeit ist.

Und angefangen hat alles mit der Blüte. Eigentlich mit der Bestäubung. Durch einen Schmetterling. Eine Biene. Durch den Wind.

Der Wind bringt alles miteinander in Verbindung.

Ich höre das Rascheln des Herbstlaubs. Jemand geht durch den Wald. Es ist nicht nur einer. Es sind zwei. Sie gehen Hand in Hand. Sie sind verliebt. Einer der beiden bückt sich. Und hebt eine Kastanie auf.

Wenn die Kastanien nach einem Spaziergang auf dem Schreibtisch in meinem Zimmer liegen, haben sie den Kreislauf, dem sie entstammen, mitgebracht.

Dann ist alles nicht mehr so schlimm zu Hause. Denn die Kastanien glänzen auch, wenn die Sonne nicht scheint. Den Glanz haben sie sich gemerkt.

Später dann, wenn alles vorbei ist, dann nehme ich die Kastanien wieder in meine Hände. Und dann fühlen sie sich noch viel weicher an, als ich sie in Erinnerung hatte.

Der Gedanke an das Weiche beim Berühren ihrer Schale ist immer da. Schon bevor ich sie wieder in Händen halte, spüre ich es schon auf meiner Haut: Das Kühlende. Tröstende. Das Heilende.

Das kann man üben, dieses schöne Gefühl in sich zu speichern. Das hab ich von den Kastanien gelernt.

„Rapunzel."

Ich sehe Dr. Frank an. „Rapunzel?"

„Na, das Buch. Das ich gerade lese. Eigentlich ist es ja kein ganzes Buch. Nur eine Geschichte."

„Sie lesen Rapunzel?"

„Ich lese es meinen Kindern vor."

„Ah, ok. Und lesen Sie noch etwas anderes? Also etwas nur für Sie allein?"

„Ehrlich gesagt: Nein. Mir fehlt die Zeit dazu. Aber ich erfreue mich sehr an dem, was ich meinen Kindern vorlese." Nach einer Pause ergänzt er: „Liest dir dein Vater auch manchmal etwas vor?"

Ich schüttle den Kopf.

„Und deine Mama?"

„Die liest nur Lea vor. Sie sagt, ich kann doch selber so gut lesen. Und Lea kann dann besser einschlafen."

Dr. Frank nickt nachdenklich. „Kannst du denn gut schlafen?"

Ich nicke. Und denke: Ich weiß nicht, ob ich wirklich schlafe. Ich ruhe mich aus.

„Wenn du dir aussuchen könntest, mit wem du eine Woche in die Ferien fährst – mit wem würdest du am liebsten wegfahren?"

„Mit niemandem."

„Wirklich niemand? Kein Schulfreund? Kein Cousin?"

Ich schüttle den Kopf.

„Bist du oft traurig, Manuel?"

„Nicht oft. Nur manchmal."

„Und wenn du traurig bist: Was hilft dir, damit es dir besser geht?"

Ich denke sofort an Kastanien.

„Es hilft mir, etwas zu berühren, das in der Natur ist."

Dr. Frank nickt. Er lächelt. Dann nimmt er meine Karteikarte und schreibt etwas hinein. Als er sie zuklappt, sagt er: „Du hast ja an Heiligabend Geburtstag!"

Ich nicke.

„Wie ist das für dich? Viele sagen ja, dann bekommt man nur einmal im Jahr etwas geschenkt. Und alle, die unter dem Jahr Geburtstag haben, zweimal."

„Also, für mich ist es das Schönste, wenn ich Bücher geschenkt bekomme. Meine Mama fragt mich immer, welche Bücher ich mir wünsche. Und meistens bekomme ich die dann auch. Das genügt mir eigentlich."

„Und welche Bücher hast du dir zu Weihnachten gewünscht? Bestimmt wieder Märchen und Sagen, oder?"

„Ja. Diesmal hab ich mir etwas über Herakles gewünscht. Und über Apollon."

„Du wirst bald ein richtiger Sagenexperte sein. Gibt es denn an Heiligabend noch etwas Besonderes für dich? Ich meine, so als Geburtstagskind."

„Ich brauche nichts Besonderes zu meinem Geburtstag. Ich mag es eigentlich auch gar nicht so gerne, dass man darüber redet."

„Worüber? Über deinen Geburtstag an Heiligabend?"

Ich nicke.

„Warum?"

„Weil mich der Gedanke an meine Geburt oft traurig macht. Damals, an Heiligabend, da hab ich alles durcheinander gebracht."

„Durcheinander gebracht?"

„Sie wollten es eigentlich nicht."

„Deine Eltern wollten es nicht? Sie haben dich doch erwartet ..."

„Aber nicht an Heiligabend."

Dr. Frank presst die Lippen aufeinander. Er ordnet ein paar Zettel auf seinem Schreibtisch.

Ich denke an meinen Vater. Jedes Jahr in der Adventszeit spricht er mit anderen darüber, welches Drama meine Geburt damals war. Und ausgerechnet an Heiligabend! Die arme Jutta! Keine Ärzte in der Klinik, Glatteis auf den Straßen – und der gute Braten im Rohr! Nein, das war der schlimmste Heiligabend seines Lebens. Ein Jammer um den schönen Braten. Frisch schmeckt er eben doch am besten.

Bei Leas Geburt seien sie aber für alles entschädigt worden. Ein sanfter Frühlingsmorgen. Ein Dienstag wie jeder andere. Um 17 Uhr sei er aus dem Gericht, also wie immer, und direkt zu Jutta ins Krankenhaus. Das sei nun wirklich ganz etwas anderes gewesen.

„Herr Doktor, was gefällt Ihnen an der Rapunzel-Geschichte?"

„Hmm. Wenn ich ehrlich sein soll: Ich mag dieses Märchen gar nicht so gerne. Nur meine beiden Mädchen wollen die Geschichte immer wieder hören. Ich glaube, wegen der schönen langen Haare, die Rapunzel hat. Davon träumen doch alle kleinen Prinzessinnen. Ich finde das Märchen ziemlich grausam. Ein Kind in einen Turm zu sperren. Und sich an sein Haar zu hängen. Keine schöne Vorstellung. Und ihr Prinz springt vor lauter Verzweiflung vom Turm herunter und verletzt sich so schwer, dass er dadurch erblindet."

„Ja, ein eingesperrtes Kind in einem Turm ist keine schöne Vorstellung." Nach einer kurzen Pause ergänze ich: „Aber Rapunzels Tränen – sie heilen den Prinzen. Durch ihre Tränen kann er wieder sehen."

Dr. Frank lächelt. „Ja. Da hast du recht."

„Das Besondere – das sind die Tränen."

„… Das Besondere, das sind die Tränen …" Nachdenklich und langsam spricht Dr. Franz meine Worte nach.

Er steht auf, geht zu einem Schrank und steckt meine Karteikarte in eine Mappe. Dann dreht er sich zu mir um: „Spielst du manchmal mit deinem Vater?"

Ich schüttle den Kopf.

„Manuel – wenn es dir mal nicht gut geht und du mit jemandem sprechen willst: Dann komm zu mir."

Ich nicke. „Danke, Herr Doktor."

Er kommt auf mich zu. Er streichelt mir über den Kopf. „Manchmal, wenn mir Kinder von ihren Eltern erzählen, von den Problemen, die sie mit ihnen haben, dann sagen sie oft: Bitte, Herr Doktor, erzählen Sie das meinem Vater nicht, erzählen Sie das meiner Mutter nicht. So etwas würdest du, glaube ich, niemals sagen, oder?"

„Es ist immer gut, wenn ich möglichst wenig sage. Egal zu wem."

Im Hinausgehen drehe ich mich noch einmal um zu Dr. Frank: „Der Prinz, nachdem Rapunzels Tränen ihn geheilt haben – er hätte den Sehtest auch bestanden!"

Dr. Frank nickt. „Ja, mein Junge. Das hätte er. So wie du ihn heute bestanden hast."

„Es gibt doch noch ein weiteres Märchen, in dem es um eine schöne junge Frau mit langem Haar geht. Sie ist zwar nicht in einem Turm eingesperrt. Aber sie sitzt ganz allein auf einem Felsen und kämmt sich ihr Haar."

„Du meinst die Sage von der Loreley."

Ich nicke. „Kann sein."

„Wir kommen ja heute von einer traurigen Geschichte zur nächsten. Loreley soll eine sehr schöne Frau gewesen sein. So schön, dass sie die Männer reihenweise verwirrt und in den Tod getrieben haben soll. Es gibt da mehrere Versionen. In einer heißt es, sie sei eine Hexe gewesen, die der Bischof auf dem Scheiterhaufen verbrennen lassen wollte. Auf einem Felsen hoch über dem Rhein. Manchmal heißt es auch, Loreley wollte es selbst, dass man sie verbrennt. Weil sie vor Verzweiflung nicht mehr aus und ein wusste."

„Das ist ja wie bei Herakles", denke ich laut vor mich hin.

„Bei Herakles?"

„Herakles lässt sich auch selbst verbrennen. Auf einem hohen Berg. Auf einem Scheiterhaufen."

„Du kennst dich wirklich gut aus mit den Göttern des Olymp."

„Erst nach seiner Verbrennung wird er in den Olymp aufgenommen."

„Gehört der Scheiterhaufen zu den zwölf Aufgaben, die er bestehen muss?"

„Nein. Da geht es um ein Hemd, das ihm unerträgliche Qualen bereitet, sobald er es übergezogen hat."

„Ein giftiges Tuch sozusagen. Ein verfluchtes, oder?"

„Ja, verflucht passt ganz gut. Es ist ein in vergiftetes, blutgetränktes Hemd. Das Blut des Kentauren Nessos. Herakles hat ihn mit einem Giftpfeil getötet." Ich denke an einen Wollpullover, den ich so ungern trage. Weil er ganz schrecklich kratzt. Schon das ist unangenehm. Was für eine Vorstellung, dass Kleidung eine Qual sein kann. Gift.

„Manuel, lies doch mal ein fröhliches Märchen."

Auf dem Nachhauseweg denke ich darüber nach, ob es überhaupt fröhliche Märchen gibt. Und ich finde, Märchen sind einfach alle zum Nachdenken. Und zum Fühlen.

Ich bin immer damit beschäftigt.

Darum bin ich auch nie allein.

Nun fällt mir das Skelett auf dem Stuhl von Dr. Frank wieder ein. Warum es wohl dabei sein wollte bei dem Gespräch?

Als ich fast zu Hause angekommen bin und um die Ecke von Hausnummer 12 biege, fällt mir ein, was der Grund für den Besuch des Skeletts gewesen sein könnte: Es wollte dabei sein, wenn man über Tränen sprach. Über Tränen, die heilen.

Und ich denke noch einmal an Rapunzels Turm: Vielleicht hat sie es sich auch schön gemacht dort drin und gemütlich? Und vielleicht war sie auch froh, dass sie von niemandem gestört wurde.

Und ihre Tränen ... Man muss lange üben, bis man Tränen weinen kann, die heilen. Sehr lange.

3 Der kalte Keller

„Jutta, die braunen Stiefel! Wo hast du die wieder hingeräumt?! Ich muss weg, Herrgott nochmal. Bei dem vielen Schnee brauch ich doch wieder ewig bis zum Gericht."

„Deine Stiefel, die hab ich nicht weg." „Wo sind sie dann?! Ich hab sie doch ... Aaah, da sind sie. Also ICH hab die da nicht hin."

Vaters Handy läutet. „Siehst du ... Da will schon in der Früh wieder einer was von mir ... Wo doch morgen Weihnachten ist! Ja. Dr. Roth hier ... Ich bin auf dem Weg. Die Besprechung ist doch erst um 10 ... Was? Vorverlegt? Warum hat mir das ... Steht in meinem Kalender?! Das kann doch nicht ... Jutta! Wo ist mein Kalender?! Ja, ... Frau Sperber, ich beeil mich ... Jutta!"

„Hier ist deine Brotzeit. Und dein Schal. Der Kalender ist in deiner Aktentasche. Vergiss die Handschuhe nicht."

„Und heute Abend: Goulasch. Vergiss du das nicht."

„Ich vergesse es nicht. Tschüss. Schönen Tag."

Die Haustür fällt ins Schloss.

Ich sitze oben auf der Treppe. Und mache einen langen und tiefen Atemzug.

Dann gehe ich nach unten.

„Guten Morgen, Mama."

„Guten Morgen, Manuel. Milch ist im Keller. Und Toastbrot im Gefrierfach. Aber sei bitte leise. Lea schläft noch."

Ich drücke auf den Lichtschalter für die Kellertreppe und begebe mich ein weiteres Stockwerk nach unten. Dort knipse ich im Flur das Licht für den Vorratsraum an. Und bleibe in der Tür stehen. So wie man an einem beleuchteten Schaufenster stehenbleibt. Dort den Blick schweifen lässt, um in stiller Konzentration die präsentierten Auslagen zu betrachten.

Bunt ist die Präsentation in diesem Raum. Vielfarbig. Vielförmig. Gelb, Rot, Blau. Pfirsiche und Tomaten in Dosen. Rechteckige blaue Milchpackungen. Tüten, Flaschen, kleine Schachteln, große Kisten. Gestapelt. Geschichtet. Beschriftet. Beklebt. Werbeschriften. Firmenlogos. Und Mamas Schrift.

Mamas Handschrift in Buchstaben. Und Mamas Handschrift in allem, was in diesem Raum versammelt ist. Eine Handschrift der Sorgfalt, der Ordnung und

Sauberkeit. In diesem Regal. In diesem Raum. Eigentlich im ganzen Haus.

Der Raum ist nicht klein. Doch wie eng in diesem Regal alles zusammensteht. Fast gepresst. Eine solche Fülle an Vorrat und Vorsorge – die sich aber gleichzeitig anscheinend nicht ausbreiten darf.

So eng, wie in diesem Regal Packungen und Schachteln aneinandergestellt sind, so würde ich niemals ein Regal einräumen. Kein Vorratsregal. Und kein Bücherregal. Hier geht es schließlich ums Genießen. Egal ob leckeres Essen oder schöne Geschichten.

Ich kneife die Augen ein wenig zusammen. Dann mache ich das Licht im Kellerflur aus.

Das Kellergefühl. Kalt. Hart. Dunkel.

So ist es nun mal in einem Keller.

So ist es nun mal in einem Haus.

Ohne Liebe.

Vom Treppenlicht im Flur strahlt noch ein wenig Helligkeit in den Vorratsraum hinein. Meine Augen entspannen sich.

Der feine Lichtschein hinter mir zeichnet den Raum neu.

Ich sehe ein Bücherregal. Es ist riesig. Nein, es sind viele, Dutzende von Regalen. Es ist eine richtige Bibliothek. Viele Fächer sind leer. Und in den wenigen befüllten werden Bücher gepresst und gequetscht.

Ich stelle mir vor, wie es wäre, eines dieser gequetschten Bücher herauszuziehen. Würde es mir gelingen? Ohne es zu beschädigen, ohne noch drei, vier benachbarte Bücher mitzuziehen und mit einem lauten Aufprall an den kalten Kellerboden zu verlieren? Jämmerlich eingezwängt und gequetscht sind sie hier versammelt. Die Bücher der Familie des Herrn Dr. Roth.

Sie stehen im Keller. Warum? Gehören sie nicht nach oben, ins Helle und Warme? Wer stellt denn Geschichten und Träume in den Keller? Und warum so wenige? Hat die Familie nicht mehr davon?

So möchte ich später nicht leben.

Im Hinausgehen aus dem Vorratsraum blicke ich noch einmal zurück auf das Regal. Es ist eine Präsentation, dieser Raum. Als scheint jemand stolz darauf zu sein. Auf seine geordneten Pfirsiche und Tomaten. Auf seine genaue Planung. Seine Strenge. Jemand, der meint, an alles gedacht zu haben.

An Vieles hat er gedacht. Aber nicht an … Weite. Nicht an … Helligkeit. Nicht an … Vielfalt.

„Ich will keinen Kuchen! Will Cornflakes!"

Aha. Lea ist aufgewacht. Was wollte ich eigentlich hier unten? Ach ja, die Milch.

Als ich die Treppe wieder hinaufgehe, fällt mein Blick auf das große Foto von Vater und seinen Studienkollegen. Das mit dem goldenen Rahmen. Vater hat sein Jurastudium als einer der Besten abgeschlossen. Ganz in der Mitte des Bildes ist er zu sehen. Umringt von seinen Freunden. Die Jungs, die links und rechts von ihm stehen, haben ihre Arme um ihn gelegt. Und auch die zwei Jungs hinter ihm. Er erzählt immer, dass sie wie Pech und Schwefel zusammengehalten haben. An der Universität wie im Sport. Die meisten aus der

Studientruppe spielten früher auch gemeinsam Fußball. Und laut Vater durften sie so manche Siege feiern.

Ich hab's nicht so mit Sport.

Der Junge ist ein Bücherwurm. Schrecklich.

Wenn die Rede auf seine Erfolge im Fußball oder seine Studentenzeit kommt, erkenne ich Vater kaum wieder. Da leuchten seine Augen. Und er lacht von Herzen. Auch mich hat dabei einmal sein Lächeln gestreift. Das fühlte sich eigenartig an. Irgendwie nicht richtig.

Einmal fragte ich ihn, warum er denn jetzt nicht mehr Fußball spielt. Denn sein Bruder Jens spielt ja auch noch. Statt mir zu antworten, ist er einfach von seinem Stuhl aufgestanden und weggegangen. Im Aufstehen hat er noch gesagt: *Irgendwann war es eben Zeit, aufzuhören. Und dann hab ich Mama geheiratet.*

Die Milchpackung unter dem Arm, komme ich schließlich in der Küche an. Auf der Anrichte steht ein Marmorkuchen. Fast die Hälfte fehlt schon. Daneben liegt ein Zettel. Darauf steht: *Für Papa und Lea.*

Es ist die Handschrift aus dem Keller.

Ich sehe nach draußen durch das Küchenfenster. Es ist noch dunkel. Aber ein feiner Lichtschein erhellt den Gehweg vor unserem Haus. Ich höre ein Geräusch. Jemand räumt Schnee. Ich gehe ganz nah an das Fenster heran. Es ist Frau Holl. Eingepackt in einen schwarzen Strickmantel und einen dicken lilafarbenen Schal. Das sind ihre Lieblingsfarben, glaube ich. Fast immer, wenn ich sie sehe – meistens nur aus der Ferne – trägt sie diese Farben. Und meist scheint es etwas Selbstgestricktes zu sein.

Nun bleibt sie stehen, nimmt den Schal kurz ab, um ihn sich erneut ein paar Mal um ihre Schultern zu wickeln. Beim Schieben der Schneeschaufel ist er ihr eben heruntergerutscht.

Und merkwürdig: Wie sie die Schaufel bewegt, sieht gar nicht nach anstrengender Arbeit aus.

Eher nach einer Art von Gestalten. Verzieren.

Mal schiebt sie ein Schneehäufchen hierhin – dann wieder dorthin. Mal ein größeres, mal ein kleineres.

Sie scheint ganz zu ihrem Vergnügen zu schippen.

Und sie bewegt sich wunderschön dabei. Elegant. Anmutig.

Als ob sie sich vorstellt, zu tanzen.

Rumpelstilzchen nennt Vater sie. Immer, wenn wir an ihrem Haus vorbeigehen, missfällt ihm irgendetwas. Ihr *Chaos*. Und er schüttelt genervt den Kopf.

Wie er bei dieser großen, schlanken, zurückhaltenden und hübschen Frau auf *Rumpelstilzchen* kommt, ist mir ein Rätsel.

Ich habe nicht gesehen, dass er sich jemals mit ihr unterhalten hätte.

Schnell laufe ich in den Flur, schlüpfe in meine Pelzstiefel und meinen Mantel – und öffne die Haustür. „Guten Morgen, Frau Holl. Darf ich Ihnen helfen?"

Frau Holl dreht sich zu mir. Der helle Schein der kleinen Laterne, die über ihrer Eingangstür leuchtet, fällt auf ihr Gesicht. Da blitzen ihre Augen auf. Ein grüner, heller Lichtschein. Ein Lächeln. „Guten

Morgen Manuel". Ich mag ihre Stimme. Sie ist ziemlich dunkel. Außergewöhnlich dunkel für eine Frau. Doch gleichzeitig sanft. Beinahe samtig.

Ihr Haar glänzt im Schein des Laternenlichts. Es ist nicht grau. Mehr silbern. Und passt wunderbar zu dem Lila ihres gestrickten Schals. Ich sehe, dass er weich ist. Merke, dass sie ihn gerne trägt. Dass er ihr gut tut.

Sie hat eine schöne Haut. Sonnengebräunt. Und gar nicht faltig. Nein, sie ist nicht so alt wie alle immer sagen.

Ich glaube, dass sie viel in ihrem Garten arbeitet. Gesehen hab ich sie bisher nicht oft. Leider. Ihre Hecke zur Straße hin ist zu dicht. Zumindest im Sommer. Und auf unserer Gartenseite in Richtung Frau Holl hat Vater schon vor Jahren einen hohen Holzzaun aufstellen lassen.

Damals habe ich Mama gefragt, warum Vater eine Mauer baut. Dann könnten doch die Vögel nicht mehr in die Hecke fliegen. Zumindest von unserer Seite nicht mehr. Nur noch von Frau Holls Seite. Mama hatte damals auch den Kopf geschüttelt und zu mir gesagt: *Einfach schrecklich, dieses Holzmonster. Fehlt nur noch der Stacheldraht.*

Als ich Vater gesagt habe, dass Mama und mir der Zaun nicht gefällt, hat Mama mich böse angesehen. Und zwei Tage lang nicht mit mir geredet.

Letzten Sommer hat Vater Mama dann erlaubt, ein paar Kletterpflanzen davor zu setzen. Aber die Pflanzen klettern nicht. Sie bleiben klein. Vor kurzem sagte Mama zu ihm, sie würden vielleicht deshalb nicht wachsen, weil sie durch den Holzzaun zu wenig Sonne bekämen.

Da wurde Vater laut: *Sonne! Ich geb dir gleich Sonne! Und der Wildwuchs dort draußen – bald reiß ich alles raus! Und lass es auf dem Kompost verfaulen!*

Mein Vater mag keine Blumen.

Wegen des Holzzauns also kann ich Frau Holl von unserer Seite niemals sehen. Nur manchmal hören. Das helle Rasseln eines Gartenrechens, wenn sie das Laub zusammenscharrt. Das dunkle Rasseln einer Kette, wenn sie mit einer Kurbel Wasser aus ihrem Brunnen holt. Den fremdartigen Hauch ihrer dunklen Stimme. Wenn sie mit ihrer Katze spricht.

Ich glaube, Frau Holl bekommt wenig Besuch.

Nur selten ist dort jemand zu sehen. Nur selten klingen Laute aus dem Haus oder über die Hecke.

Das waren meine Gedanken. Als ich an der Hecke stand. Vor drei Tagen.

„Das ist sehr lieb von dir, mein Junge. Aber du musst doch zur Schule." Ihre grünen Augen sind so klar. So leuchtend. Vor drei Tagen haben sie geweint. „Und ... ich weiß nicht, ob deinen Eltern das recht wäre", ergänzt sie.

Den letzten Satz höre ich schon gar nicht mehr richtig. Ich schnappe mir den Schneeschieber, der neben unserer Haustür an der Wand lehnt. Ich steche mit dem schweren Holzgerät in das knöchelhohe Weiß. Das Weiß, das alles anders aussehen lässt. Das Weiche, das sich auf den harten und kalten Boden legt.

Umherwirbelnde Flocken, die das Tanzen eingestellt haben.

Die sich entschieden haben, lieber auf einem kalten Boden zu liegen.

Schnell hebe ich die Schneeschaufel wieder heraus aus dem Schnee. Es tut mir leid, dass ich eben so grob auf ihn eingestochen habe.

Ich denke an unseren Keller. In dem ich eben noch war. Dort sollte es auch einmal hineinschneien. Um das Haus heller zu machen. Weicher.

Ganz so, wie heute Morgen, als das Licht aus dem Flur hineinfiel.

Der feine Lichtschein hinter mir zeichnet den Raum neu.
Der Schnee könnte den Raum auch neu zeichnen.
Wie ein Gestalter. Wie ein Architekt.
Um alles in einem neuen Licht zu sehen.

Ich stelle mir das Vorratsregal vor, wie es – dick eingeschneit – den engen Keller verwandeln würde.

Ich blicke auf den Holzgriff des Schneeschiebers. In meinen Händen.

Und ich merke, dass ich den Schnee nicht wegschieben möchte. Es soll bleiben. Das Helle. Das Weiche.

Ich hebe meinen Kopf – und begegne sogleich dem grünen Licht in Frau Holls Augen. Sie lehnt sich auf ihren Schneeschieber. Ein bisschen müde, so kommt es mir vor.

Müde vom Tanzen? Vom Gestalten und neu erfinden?

In ihren Augen bewegt sich etwas. Es ist ein Schimmer. Ein Flackern.
Die Bewegung sagt mir etwas.
Frau Holl sagt mir etwas.
So etwas wie, *er muss eben weg, der Schnee.*
Ich denke an das Flackern des Feuers. Vor ein paar Tagen.
Und an die Schneeflocken, die um das Feuer wirbelten.
Ich glaube, Frau Holl denkt genau in diesem Moment auch daran.

Das Licht der Straßenlaterne spiegelt sich auf ihrem Gesicht. Genau wie vor ein paar Tagen steht sie inmitten eines Schneeflockenwirbels.
Und genau wie vor ein paar Tagen schlagen Flammen in die Höhe.
Heute flackern sie in Frau Holls Augen.
Sie schiebt die Schaufel vor sich her. Langsam. Bedacht. Wieder ein Häufchen hierhin. Wieder ein Häufchen dorthin.
Sie verschiebt. Sie verziert. Sie gestaltet.
Nun beginne auch ich damit, den Schneeschieber zu bewegen.
Obwohl ich es eigentlich nicht möchte.
Es soll noch genug Schnee in meiner Nähe bleiben. Und in der Nähe unseres Kellers. Um ihn neu zu zeichnen.
Er muss eben weg, der Schnee. Hat sie gesagt. Haben ihre Augen gesagt.

„Manuel! Was soll das?! Sofort rein mit dir!"

Ich habe nur die laute Stimme gehört. Gesehen habe ich Mama nicht. Ich presse die Lippen aufeinander. Ich schlucke. Es tut weh, das Schlucken.

Da spüre ich eine Hand auf meiner Schulter.

Etwas Warmes fließt durch meinen Arm, bis in die Fingerspitzen.

Ich blicke nach oben in die Dunkelheit. Die kalte Winterluft strömt durch meinen geöffneten Mund. Sie erfrischt und wärmt mich zugleich. Ich empfange diese Luft wie der Acker das Wasser, wie das Korn die Sonne, wie im Märchen das Waisenkind die Sterntaler vom Himmel.

Diese Luft – sie nährt und schützt mich.

Mehr als jedes noch so prall gefüllte Vorratsregal es jemals könnte.

„Geh jetzt, mein Junge." Dunkel und silbern, der Klang dieser Worte.

Ich senke meinen Kopf und blicke auf den Schnee. Ich blicke auf den Schneeschieber. Am unteren Ende der Schaufel blitzt etwas auf. Im Schein von Frau Holls Licht über ihrer Haustür. Ich sehe genauer hin. Es ist die Edelstahlkante am Ende der Schaufel. Sie sieht scharf aus, diese Kante. Ob sich deshalb der Schnee so schwer schieben lässt? Als wolle er nicht weg, der Schnee. Als ob er rebelliere.

Den Schneeschieber stelle ich wieder neben unsere Haustür. Dann drehe ich mich um. Sie ist nicht mehr da.

Die Schulter fühlt sich so leicht an. So warm.

Es ist die rechte Schulter.

Später, in der Schule, habe ich in der ersten Stunde Französisch. Wir nehmen neue Vokabeln durch. Eines der neuen Worte ist *se régaler*. Die Lehrerin fragt, wer es übersetzen könne. Da ruft Jonas: *Sich etwas ins Regal räumen!* Alle lachen. Auch die Lehrerin. Ich lache auch. Denke dann aber an die gequetschten Familienbücher in unserem Kellerregal.

Schließlich sagt die Lehrerin uns, was *se régaler* bedeutete: *Schlemmen, genießen, es sich schmecken lassen.*

4 Das heilende Tuch

In der Nacht auf den 24. Dezember habe ich einen schrecklichen Traum.

Es ist Sommer. Meine Mutter und ich sitzen im Garten. Unter einem großen gelben Sonnenschirm. Plötzlich steht Mama auf. Sie geht zu dem hohen Zaun aus Holzlatten, den mein Vater bauen ließ. Sie kniet sich auf den Boden.

Es ist ein heißer Sommertag. Und es muss zuvor schon lange heiß und trocken gewesen sein. Denn der Rasen ist völlig verbrannt. Ebenso die Blumen und Sträucher. Meine Mutter kniet vor dem Holzzaun. Nun beginnt sie damit, frische Pflanzen in die Erde einzugraben. Unaufhörlich, eilig, fast gehetzt buddelt und pflanzt sie. Immer wieder nimmt sie eine neue kleine Pflanze und setzt sie vor die braune Mauer. Doch kaum ragen die wenigen zarten Blätter aus dem Boden, sind sie wieder verschwunden. Also muss erneut gegraben und gepflanzt werden. An der gleichen Stelle. Meine Mutter fängt immer wieder von vorne an.

Sie trägt ein rückenfreies Oberteil. Da fällt mir auf, dass ich sie zuvor noch nie so gesehen habe. Und nun weiß ich auch warum. Ihr Rücken ist voller Striemen und blauer Flecke. Ich sehe auf einen dieser blauen Flecke. Einen, der besonders groß und dunkel ist. Nahezu schwarz.

Lilaschwarz.

Plötzlich wird dieser Fleck rot. Und das Rot breitet sich über den ganzen Rücken aus. Auch die Arme werden rot.

Mama schwitzt. Schweißtropfen rinnen über ihr Gesicht. Sie hebt den Kopf. Die Sonne leuchtet in ihr Gesicht. Die Sonne brennt in ihrem Gesicht. Sie brennt auf ihrem ganzen Körper.

Ich will rufen *Mama, pass auf, du bekommst einen ganz schlimmen Sonnenbrand! Du musst dich eincremen!* Aber es kommt kein Ton aus mir heraus. Ich will aufstehen.

Und zu ihr laufen. Ihr ein Tuch über den Rücken legen. Doch ich kann mich nicht bewegen.

Das Rot auf Mamas Rücken wird braun. Dunkelbraun. Die Haut platzt auf. Es steigt Dampf auf.

Es ist Rauch. Mama fängt an zu brennen. Ich werde fast verrückt vor Verzweiflung. *Mama! Mama! Warum stehst du nicht auf! Warum bewegst du dich nicht! Warum schützt du dich nicht!*

Die Worte sind da. Aber sie haben keinen Ton.

Und meine Beine sind da. Aber sie haben keine Kraft.

Nun steigen Flammen auf. Für einen kurzen Moment sehe ich noch einmal Mamas Gesicht. Die Flammen spiegeln sich darin. Das Gesicht glüht. Es leuchtet. Was für feine Gesichtszüge sie hat. Eine schöne Frau. Auch wenn sie …

Ich spüre einen Schmerz in meiner rechten Schulter.

Dann sehe ich nur noch Flammen.

Meine Mama verbrennt vor meinen Augen.

Und schließlich ist nichts mehr zu sehen – als ein Häufchen Asche. Und ein brauner Holzzaun.

Ich starre auf die Asche. Durch meine Brust jagt ein spitzer Schmerz. Ich bekomme kaum Luft.

Eine quälend lange Zeit vergeht, bis ich wieder Luft bekomme. Und auch meine Beine wieder spüre.

Nun laufe ich zu der Asche. Ich knie mich davor.

Es ist so schrecklich heiß vor dem Zaun.

Nun schiebt sich der spitze Schmerz aus meiner Brust nach oben. In meinen Kopf. Meine Augen brennen.

Es zischt.

Eine Träne ist auf die Asche getropft.

Ich halte den Kopf nach unten gesenkt. Mein Gesicht ist überströmt von Tränen.

Es sind Tränen. Es sind Tropfen.

Je mehr ich weine, desto schneller nimmt die Hitze im Garten ab. Und das grelle Licht der Sonne wird merklich schwächer.

Ich drehe mich um und sehe nach oben zu dem gelben Sonnenschirm. Der Schirm hat sich verändert.

Ich spüre einen Windhauch.

Gleichzeitig höre ich ein merkwürdiges Summen.

Nun sehe ich jede Menge Bienen unter dem Sonnenschirm umherschwirren. Einen ganzen Schwarm von Bienen. Immer mehr kommen angeflogen und versammeln sich unter dem runden Sonnenschild. Bis von dem Gelb fast nichts mehr zu sehen ist.

Ich stehe auf. Ich gehe in Richtung Sonnenschirm. Je näher ich an ihn herankomme, desto stärker wird der Wind. Und als ich schließlich direkt darunter stehe, da kann ich den schwarzgelben Wirbel genau über mir schwirren sehen.

Ich blicke hinab zu meinen Füßen. Ich stehe im Schnee. Nun sehe ich, dass auch der Sonnenschirm im Schnee steht. Auf unserem Weihnachtsmarkt im Dorf.

Es riecht nach Bratwurst. Nach verbranntem Fleisch.

Staunend blicke ich auf zu dem wunderlichen Tanz der Bienen.

Das surrende Schwirren sortiert sich. Wird leiser.

Lässt sich nieder auf dem gespannten Tuch. In dem scheinbar chaotischen Wirbel erkenne ich zunehmend ein System. Biene für Biene nimmt Platz. Erkennt genau das Minifleckchen Quadratmillimeter, das einer jeden von ihnen zugedacht ist. Jeder einzelnen Biene zeigt ein unsichtbarer Platzanweiser Reihe und Sitzplatz im Parkett – dieses wunderlichen Sonnenschirmtheaters.

Als würde ich ein Fernglas justieren, stelle ich nun meine zusammengekniffenen Augen scharf.

Ich sehe einen kleinen Bienenkopf. Zwei Augen. Zwei Fühler. Das Saugrohr.

Ein Staunen. Ein scheues Lächeln. Bei der Biene. Und auch bei mir.

Nun stelle ich mein Fernglas wieder auf Normalbetrieb. Aus dem schwarzgelben Wirbel von vorhin ist eine gemusterte runde Fläche entstanden. Als hätte jemand ein grob gewebtes Tuch auf die Unterseite des gelben Sonnenschirms gespannt.

Die Sonne hat sich verdunkelt. Das Licht brennt nicht mehr. Auf der Haut.

Die Bienen haben sich schützend über die gelbe Feuerscheibe gelegt. Ineinander verwebt.

Gelb und Braun. Gold und Braun. Die Vereinigung von Gold und Erde. Das Gold der Sonne und das Braun des Bodens.

Ich denke an einen windigen Herbsttag. Ich denke an Kastanien. Und an zwei Verliebte.

Wenn es noch warm ist, aber nicht mehr heiß – und schon etwas kühl, aber noch nicht kalt. Wenn sich Mensch und Natur auf einen großen Übergang einstellen. Wenn das Licht des Tages weniger wird. Trifft dann ein spinnwebenfeiner Sonnenstrahl auf rote Apfel- oder braune Nuss-Schalen, auf gelbe und grüne Blätter, auf glänzende Kastanien, sehen verliebte Spaziergänger sich in die Augen und sagen: Was für ein herrlicher, was für ein geschenkter Tag – den ich mit dir verbringen darf, mein Schatz.

Ich versuche mich an den Anfang zu erinnern. An den Anfang mit den Bienen. Woher kamen sie so plötzlich?

Zuerst kam der Wind. Dann die Bienen.

Der unsichtbare Platzanweiser. Der unsichtbare Webstuhl. Dann das Tuch. Das sichtbare.

Ich habe Angst mich umzudrehen. Ich habe Angst vor der Asche.

Meine linke Hand hat das Bedürfnis, sich auf meine rechte Schulter zu legen. Es wird warm an meiner rechten Schulter. Meine linke Hand streichelt meinen rechten Oberarm. Fährt auf und ab. Der Arm wird schön warm. Die Schulter wird warm.

Ich mache einen tiefen Atemzug.

Dann habe ich keine Angst mehr, nach links zu blicken.

Ich sehe einen hoch gewachsenen, einen breiten Holunderstrauch. Nein, es ist mehr als einer. Eine dichte Hecke aus Hollersträuchern erstreckt sich auf unserer linken Gartenseite.

Von dem hohen Holzzaun ist nichts mehr zu sehen.

In einer prachtvollen Fülle breiten sich die Zweige der Sträucher entlang der Grundstücksgrenze aus. Sie haben Platz. Sie haben Freude daran, sich auszustrecken. Sie sind unendlich dankbar dafür.

Alle Früchte der Sträucher sind reif. Lilaschwarzer Glanz umgibt sie. Schwarz die Beeren, lila die Stiele.

Es ist nicht mehr Sommer. Es ist Herbst.

Den Garten erfüllt ein mildes Licht. Der Wilde Wein an unserer Gartenhütte stellt sich als Milder Wein vor. Und zeigt ebenfalls freudig seine Früchte.

Im Herbst ist die Zeit für staunenswert neue Früchte gekommen. Sie alle sind bereit, sich zu verschenken. Wenn es noch warm ist, aber nicht mehr heiß. Ganz so wie der Holunder ist auch der Wein stolz auf das Lila – seiner Stiele. Und auf seine Beeren. Die er speziell für die Vögel unseres Gartens und der Nachbarschaft wachsen lässt.

Ich mag dieses Lila.

Nun suche ich die Stelle mit der Asche. Und kann sie nicht mehr finden. Nirgends ist Asche zu sehen.

Doch etwas anderes liegt vor dem ersten Holunderstrauch auf dem Rasen. Ich gehe näher an den Strauch heran. Es ist ein lilafarbenes Tuch. Ein handgewebtes Tuch.

Sorgsam ausgebreitet liegt es genau an der Stelle, an der meine Mama verbrannt ist.

Ich knie mich vor das lilafarbene Tuch. Vorsichtig berühre ich es mit meinen beiden Händen. Schließlich nehme ich allen Mut zusammen und sehe nach, was unter dem Tuch begraben liegt.

Es ist ein festlicher Strauß. Aus kleinen weißen Blumen.

Es ist ein Brautstrauß.

5 Das Fest der Familie

Es ist die Handschrift aus dem Keller, die mich am Morgen des 24. Dezember auf dem Esstisch erwartet. Die eng und ordentlich verschlungenen Linien in schwarzer Tinte haben einem weißen Zettel seine Mission übertragen.

So rein und frei wie zuvor wird das Weiß nie mehr sein.

Die Entscheidung für die schwarze Schrift ist gefallen.

Mir gilt die Botschaft.

Guten Morgen Manuel, Papa und ich machen noch Weihnachtsbesorgungen. Lea schläft. Bitte leise sein. Dein Geburtstagsfrühstück holen wir nach.Die Lebkuchen in der Küche sind für Papa und Lea.Pack die Geschenke schon mal aus. Herzlichen Glückwunsch! MAMA

Meine Mutter. Ein beschriebenes Blatt. Und der Jahrestag meiner Geburt.

Ich mache einen tiefen Atemzug. Und er tut mir gut wie selten in diesem Haus. Es riecht nach wirklicher frischer Luft. Heute.

Ich drehe mich um und blicke durch die geöffnete Tür ins Wohnzimmer. Ah, den Weihnachtsbaum haben sie schon aufgestellt. Dort steht er, in seinem frischen Grün. Noch unbehangen, ungeschmückt. Unbeschwert.

Ich sehe erneut auf den Zettel.

Welch unglaubliche Vielfalt an Botschaften ihren Weg auf die weißen Papiere dieser Welt finden kann.

Wir dürfen wählen.

Mit dabei im Angebot: *Ich denk an dich. Ich drücke dich. Ich liebe dich.*

Die Entscheidung liegt bei uns. Und die Verantwortung.

Welch unendliche Freiheit uns so ein weißes Papier schenkt.

Und welch leise Stimme aus einem leeren Blatt zu uns spricht:

Welches Wort möchte zu dir? Fühlst du das Wort? Ist es wirklich DEIN Wort?

Ich nehme jedes Wort auf. Ich führe es aus.

Doch nur wenn es aus deinem Herzen kommt, wird die Botschaft fließen. Gefühl und Papier werden sich verbinden. Liebe, Mut und Tatkraft. Und die Welt erreichen.

Diese Worte hier auf dem Zettel erreichen mich nicht. Sie kommen aus dem Keller.

Die sprichwörtliche Geduld des Papiers. Und seine Knechtschaft. Wehren kann es sich nicht. Nur hoffen, dass genug seiner Artgenossen verfügbar bleiben – um immer wieder würdigen Wortschöpfern zu Diensten zu sein.

Ich setze mich auf einen Stuhl und betrachte die schwarze Schrift auf weißem Grund. Diese sechs Buchstaben – das also bin ich.

Ich sehe auf meine Hände. Eine ganze Weile. Dann bewegt sich meine linke Hand zu meinem rechten Arm, und meine rechte Hand zu meinem linken Arm. Ich streichle meine Oberarme. Meine Schultern. Ich umarme mich.

Die sechs Buchstaben sehen mich an. Sie nicken mir zu.

Ich höre eine Melodie. Eine leise Flötenmusik.

Ich schließe die Augen.

Der frische Duft des Weihnachtsbaums erfüllt den Raum.

Der Baum steht mitten in einem Wald. Alles ist von Schnee bedeckt.

Und vor dem Baum leuchtet ein tief in den Schnee eingesunkenes Licht: Eine Kerze in einer Laterne.

Schafe, Ziegen und Rehe treffen sich hier. Eine bunt gemischte Herde. Die Tiere stehen gemeinsam an einer großen Futterkrippe und fressen Heu.

Eines der Rehe steht etwas abseits. An einem dicht gewachsenen Holunderstrauch. Es knabbert an den Zweigen und Blättern.

Der Holunderstrauch trägt Früchte. Für ihn ist offenbar Herbst.

Doch das Reh, das der Strauch ernährt, steht im Schnee.

Das Reh sieht mich an. Mit seinen grünen leuchtenden Augen.

Ich höre einen dunklen Ton. Ein Knurren. Es kommt von meinen Füßen. Ich sehe hinunter. Ein Hund liegt im Schnee. Direkt vor mir.

Jetzt springt der Hund auf. Er hat etwas gewittert. Er bellt.

Ich höre Schüsse. Die Jäger kommen!

Bleibt ruhig! Habt keine Angst!

Die Tiere sehen mich verunsichert an. Sie wollen weglaufen.

Bleibt zusammen! Und folgt mir!

Ich gehe zur Laterne, öffne sie und blase die Kerze aus.

Obwohl es nun komplett dunkel ist, gehen meine Füße entschlossen im tiefen Schnee voran. Einem mir noch unbekannten Ziel entgegen. Der Hund tippelt voran. Auch er scheint den Weg zu kennen.

Ich höre es hinter mir knacken und schnauben. Sie folgen mir. Alle Tiere gehen mir nach.

Meine Augen nehmen das Wichtigste entlang des Weges wahr. Ich erkenne spitze Äste in Schulterhöhe und dicke Wurzeln am Boden.

Die Tiere folgen mir wie eine Karawane.

Nun noch diese Anhöhe hinauf. Dort ist unser Ziel. Hinter den großen Tannen.

Ein Hochsitz. Nein, ein Stall. Er erstreckt sich über mehrere Stockwerke.

Endlich angekommen.

Ich öffne das Scheunentor.

Und staune über die Geräumigkeit.

Voller Übermut galoppieren die Tiere herein. Wälzen sich auf dem Stroh, das – großzügig über den ganzen Boden verteilt – dem Stall eine goldfarbene Behaglichkeit verleiht.

Andere erklimmen über breite, schräge Holzstege die oberen Stockwerke. Sie sind ebenfalls über und über mit Stroh eingestreut.

Es sind jede Menge Futterkrippen verteilt. Voll mit Möhren und Kastanien.

Die Schafe, Ziegen und Rehe laben sich an den Futterkrippen.

Aber wovon wird der Hund satt?

Ich weiß nicht warum – aber ich sehe in meinen Jackentaschen nach. Und tatsächlich - ich fühle etwas.

Drei dicke Scheiben geräucherter Schinken.

Ich wollte sie neulich beim Abendbrot nicht essen. Vater zwang mich dazu.

Als er kurz ans Telefon musste, hab ich den Schinken kurzerhand in der Jacke versteckt.

Eben verspeist der Hund dankbar die letzte Scheibe.

Ich entdecke Kerzen und Streichhölzer. Dazu zwei weitere Laternen.
Wenig später taucht der warme Schein unsere Oase aus Stroh und Holz in ein goldenes Licht.
Dennoch bin ich wachsam. Ich habe alle drei Laternen immer im Blick. Das offene Feuer, das Stroh und das Holz – innerhalb kürzester Zeit könnte hier alles lichterloh brennen.

Eines der Rehe hat einen ganzen Büschel Hollerstauden in seinem Maul. Ganz nah steht es bei mir und kaut zufrieden daran. Seine grünen Augen leuchten.
Ich streichle ihm über den Kopf.
Nun möchte ich unser Refugium weiter erkunden und begebe mich über mehrere Holzstege nach oben. Der Hund folgt mir auf Schritt und Tritt.
Ganz oben angelangt, blicke ich aus einer Holzluke.
Wir sind in einem hohen Turm aus Holz. In einem Stall mit mehreren Stockwerken.
Ich drehe mich um. Blicke durch die kreuz und quer verbauten Balken und Holzböden nach unten auf die zufriedene Herde an den Futterkrippen.
Wie durch das Geflecht von dürren Zweigen blicke ich auf ein sonderbares, durchs Geäst rieselndes Licht.
Wieder leuchten mich zwei grüne Augen an.
Sie leuchten so hell, dass ich in diesen Augen noch etwas Weiteres erkennen kann:

Aus den Augen des Rehs fließen Tränen. Das Fell unter den Augen ist nass. Und aus den Augen quillt unaufhörlich eine neue Träne.

Doch kein Tropfen fällt auf den Boden. Stattdessen fallen Schneeflocken.

Mit diesem Blick auf den Boden nehme ich nun auch meine eigene Gestalt wahr. Ich trage eine Kutte aus Sackleinen. Meine rechte Hand stützt sich auf einen Hirtenstab.

Ein Beutel aus Sackleinen hängt über meiner Schulter. Über meiner rechten Schulter.

Ich öffne den Beutel. Ich fühle ein Stück Holz. Und nehme es heraus.

Es ist eine selbstgeschnitzte Flöte.

Ich weiß nicht, wie lange ich in meinem Turm bei den Tieren im Wald war.

Nun liege ich auf dem Boden in unserem Wohnzimmer. Im Hintergrund höre ich Stimmen und Weihnachtsmusik.

Der Tannenbaum aus dem Wald leuchtet.

Aber das Licht ist nun ein anderes.

Auf dem Tischchen daneben steht, wie jedes Jahr, die kleine Holzkrippe.

Und da ist der Hirte. Umringt von seinen Tieren aus dem Wald.

Es ist ihnen allen nichts geschehen.

Da steht er, der Hirte. Mit seinem Stock. Und seiner Flöte.

Er stützt sich auf den Stock. Wie Frau Holl gestern auf ihre Schneeschaufel.

Nun nimmt er seine Flöte und setzt sie an seine Lippen.

Der Ton klingt so, wie ich mir später einmal die Sirene in meinem Leuchtturm vorstelle.

Und die Sirene, die aus einem Leuchtturm schallt: Sie muss laut sein, ja. Sie muss das Getöse im Meer, das gewaltige Rauschen der peitschenden Wellen übertönen. Doch ihr Klang sollte auch angenehm sein. Wohltuend wie das Glockenläuten vorhin. Ein warmer Ton. Gehaucht. Mehr wie eine Flöte. Ein ganz besonderes Musikinstrument. Das Hoffnung verbreitet, Zuversicht. Den richtigen Ton zur richtigen Zeit in die Welt schickt. „Haltet durch! Gebt nicht auf! Ihr seid auf dem richtigen Kurs! Bald seid Ihr am rettenden Ufer und bekommt einen warmen Tee vom Leuchtturmwärter!"

Im Stall der kleinen Krippe ist die heilige Familie versammelt.

In der Krippe das Jesuskind.

Nein. Etwas ist anders.

Es liegen zwei Kinder in der Krippe.

6 Der Schimmelreiter

„Na, Manuel. Hattest du einen schönen Heiligabend gestern?" Onkel Jens streichelt mir über den Kopf. Tante Anne schiebt sich an seine Seite. „Und einen schönen Geburtstag?" fragt sie. „Schau mal: Das ist von Jens und mir." Tante Anne überreicht mir ein in Goldpapier eingepacktes Geschenk.

Tante Anne gibt mir einen Kuss. „Ich hoffe, es gefällt dir. Deine Mama hat uns den Tipp gegeben. Wir sehen und ja so selten und wissen gar nicht mehr, was du gerne liest. Besuch uns doch mal wieder. Wir haben inzwischen zwei kleine Kätzchen …"

„Der Junge soll sich auf die Schule konzentrieren, Anne. Und seiner Mutter zur Hand gehen. Er hat keine Zeit für Schmusekätzchen", ruft Vater aus dem Flur, wo er gerade die die Mäntel unserer Gäste an die Garderobe hängt.

„Uii, kleine Kätzchen", flötet Lea. „Darf ich euch auch mal besuchen?"

Anne sieht verunsichert zu Vater hinüber.

Der breitet die Arme aus. Das Signal für Lea, dass sie ihm entgegenlaufen soll.

Während Lea freudig juchzend in Papas Armen landet, sehe ich, wie Jens seine Frau am Arm zieht. Ziemlich grob. Dann sieht er sie kurz an. Streng.

Ich gehe zum Weihnachtsbaum. Zu meinen Geschenken, die darunter liegen. Die Kerzen brennen am Baum. Ich knie mich auf den Boden und betrachte das Geschenk von Anne und Jens. Das Goldpapier glitzert im Schein der vielen kleinen Kerzen. Das Papier ist durchsichtig. Es lässt ein darunter liegendes, zweites Geschenkpapier durchschimmern. Kleine Tempel und antike Leiern.

Vorsichtig löse ich den Tesafilm. Das Papier will ich mir aufheben. Und an die Wand in meinem Zimmer hängen.

Es ist ein Buch. Beim Zurückschlagen des Papiers blicke ich auf die Rückseite des Einbands. Und seufze.

Das Buch habe ich schon.

Mama hat es mir letztes Weihnachten geschenkt.

Die Götter des Olymp.

Beim anschließenden Essen fragt mich Anne mit leiser Stimme, ob ich mich über das Buch freue. Sie sieht traurig aus. Sie ist traurig.

Sie sieht aus wie Mama.

Viele Worte und Sätze drängen sich hinter ihren geschlossenen Lippen. Fragen ohne Antworten. Sie dürfen nicht heraus. Nicht bei Mama und nicht bei Anne.

Ich nicke: „Ja, sehr. Vielen Dank, Tante Anne."

Es gibt Gänsebraten. Ich esse nur die Klöße und das Kraut. Das Fleisch lasse ich liegen.

Mama weiß, dass ich seit unserem Besuch auf dem Weihnachtsmarkt vor ein paar Tagen kein Fleisch mehr essen möchte. Wenn wir allein sind, tut sie mehr daher keines mehr auf den Teller. Heute schon.

Ich könnte sie darauf ansprechen. Zwei Tage würde sie danach nicht mehr mit mir sprechen.

"Was soll das, Junge! Willst du die Köchin beleidigen! Iss das Fleisch gefälligst auf!"

Kopfschüttelnd blickt er zu Jens und Anne. "Ich weiß nicht, was mit dem Jungen los ist."

Anne beißt sich auf die Lippen.

Jens beugt sich über den Tisch, in Richtung meines Vaters: "Lass ihn, Klaus. Das bringt doch nichts ... Fleisch ist übrigens auch das Thema meiner nächsten Ausstellung. *Fleischeslust.* Im Dorf hängen schon die Plakate. Habt Ihr sie gesehen?"

Jäger. Überall Jäger. Ich denke an unser Dorf. An den Abend auf dem Weihnachtsmarkt.

"Möchtest du eine Bratwurst?" Ich sehe auf das verkohlte Grillgitter über dem offenen Feuer. Ich sehe Flammen. Sehe Rauch. Ich höre das Knacken von Holz. Ich rieche verbranntes Fleisch. Höre lautes und derbes Lachen. Ich höre Johlen und Schreien. Meine Augen brennen. Ich sehe weiße Flocken. Sehe Licht. Ich schmecke etwas Warmes in meinem Mund.

Mutter steht vom Tisch auf. "Anne, möchtest du noch Wasser? Und Jens, warte, ich bring dir noch ein Bier ..." Sie geht in den Keller.

Dort ist ihr Reich.

Am Tisch herrscht Funkstille.

Ich blicke auf das Stück Gänsefleisch auf meinem Teller.

Das Einzige, was gerade das Schweigen bricht, ist das Gluckern des Mineralwassers, das Mutter eben in Annes Glas gießt. Danach stellt sie bei Jens eine Bierflasche auf dem Tisch ab.

„Du brauchst gar nicht abzulenken, Jutta. Der Junge wird nicht aufstehen, bevor er das Fleisch gegessen hat."

Anne murmelt etwas vor sich hin. Und verstummt wieder, als Jens sie streng ansieht.

Ich blicke auf meinen Teller. Auf das Fleisch. Jede einzelne Faser habe ich mir in den vergangenen Minuten vertraut gemacht. Zartrosa sind die Fasern. Und auf der geriffelten braunen Gänsehaut sieht man noch kleine Härchen.

Einmal war diese Haut von zahllosen und wunderschönen weißen Federn bedeckt.

Die Haut eines unschuldigen Geschöpfes.

Wo auch immer dieses zum Schlachten geborene Geschöpf gelebt hat. Eingepfercht in erbärmlicher Massentierhaltung oder doch komfortabler auf einer großen Gänseweide: Ich stelle mir vor, wie es gewesen sein mag – als sich einst seine weißen Federn im Wind aufstellten. Wenn die Herbststürme über die Wiese dahinfegten. Oder der Traum an eine solche Wiese durch die Gitterstäbe eines dunklen und engen Käfigs wehte.

Ein dunkler Raum. In den sich ein Sonnenstrahl hineinwagt. Weil man ihn herbeisehnt. Ein enger Bretterverschlag ohne Luft. In den ein Windhauch hineinschlüpft. Weil man ihn spüren möchte.

Auf seiner Haut.

Kleine weiche kuschelige Daunen. Darüber große elegante und langstielige Federn.

Was für ein herrliches Tier du einmal warst.

Ich schließe die Augen. Ich sehe und höre eine ganze Schar schnatternder Gänse auf einer sattgrünen großen Wiese. Sehe sie genüsslich ihre Flügel von sich strecken. Sie lassen sich das Gras, die Kräuter und die Pflaumen und Äpfel auf der Streuobstwiese schmecken.

Plötzlich höre ich Schüsse.

Als seien sie direkt vor mir, sehe ich unzählige weiße Federn im Wind aufflattern. Ein Pfeifen und Sausen erfüllt die Luft. Das wilde Wehen berührt meine Haut, meine Haare. Ein Meer von weißen Federn wirbelt um mich herum.

Wie weiße Fahnen im Wind. Zappelnd. Ängstlich.

„Muss Manuel wirklich noch sitzen bleiben?" Leas Stimme dringt an mein Ohr.

„Bis zum Ende der Weihnachtsferien, wenn's sein muss!"

„Aber du kannst ihn doch nicht im Esszimmer einsperren, Papa."

Ich hebe meinen Kopf.

Inzwischen sitze ich allein am Esstisch. Alles ist abgeräumt. Mutter sitzt mit Anne und Jens drüben auf der Wohnzimmercouch. Lea steht in der Tür zwischen Küche und Esszimmer. Vater ebenfalls.

Nun kommt Vater zu mir an den Esstisch. Er tippt ein paar Mal mit seinem Finger auf die Tischplatte.

„Das wird Folgen haben, mein Lieber. Iss, verdammt nochmal!"

Ich atme leise ein und aus. Und habe dennoch Angst, dass es zu laut ist.

„Iss!"

Seine Augen sind nun ganz nah bei mir. Ganz klein sind sie. Dunkel. Schwarz.

All die Jahre habe ich immer wieder diesen Blick gespürt. Er ist schwarz wie die Nacht. Wie in einer Nacht, in der man nicht schlafen kann. Und schwarz wie … wie die Tinte auf Mamas weißem Zettel. Am Morgen des 24. Dezember.

Ich sehe die engen schwarzen Linien, mit denen Mama meinen Namen geschrieben hat, noch einmal vor mir. Eng und ängstlich waren die Buchstaben geschrieben.

Auf das weiße Blatt. Das sich nicht wehren konnte.

Ich versinke im stechenden Blick meines Vaters. Versinke in den schwarzen Augen. Ertrinke fast in der schwarzen Tinte, mit denen seine Augen gefüllt sind.

Da sehe ich, wie die schwarze Tinte etwas weniger wird. Sie wird von etwas aufgesaugt. Einem Tuch. Einem weißen.

In jedem seiner Augen schwimmt ein weißes Tuch in schwarzer Tinte.

Nun ändert sich die Form der weißen Tücher.

Aus dem einen wird nach und nach … ein Reh.

Aus dem anderen wird nach und nach … ein Skelett.

Ich kenne dieses Skelett.

„Iss! Verdammt nochmal!" Es scheppert. Meine rechte Schulter schmerzt. Und mein linkes Ohr Mein ganzer Kopf. Ich liege auf dem Boden.

„Um Gottes Willen! Klaus!" Anne und Jens kommen herbeigelaufen.

Meine Mutter ist von der Wohnzimmercouch aufgestanden. Aber sie kommt nicht ins Esszimmer.

„Das geht euch nichts an!" Mein Vater packt mich am Pullover und zerrt mich wieder auf den Stuhl.

„Ich schlag dich grün und blau, wenn du jetzt nicht sofort das Fleisch isst!"

Ich nehme die Gabel. Ich sehe die rosaroten zarten Fasern. Ich sehe die weißen Federn vor mir flattern.

Weiße Fahnen im Wind. Zappelnd. Ängstlich.

Tränen tropfen auf den Teller.

Ich denke an Rapunzel. An Tränen, die heilen können. An das Skelett im Auge meines Vaters.

Da muss ich mich übergeben.

Später liege ich oben in meinem Bett. Lea hat mir eine Wärmflasche gebracht und einen Tee.

Nun höre ich Stimmen von unten aus dem Flur. Anne und Jens verabschieden sich gerade.

Ich stehe auf und schleiche leise zur Tür.

Ich höre, wie meine Mutter mit Anne nach draußen geht. Bevor Jens das Haus verlässt, ruft mein Vater: „Jens, komm nochmal."

Von draußen hört man Anne rufen: „Seht euch den vielen Schnee an! Was für dicke Flocken! Jens, bring mal einen Handbesen mit! Wir müssen unser Auto erst mal vom Schnee befreien!"

Jetzt wird die Stimme meines Vaters leiser. „Den soll sie sich mal selber holen, den Besen … Jens, bist du sicher, dass der Junge nichts weiß? Manchmal ist er mir direkt unheimlich. Stell dir vor, er hat mir den *Schimmelreiter* geschenkt. Ausgerechnet!"

„Tatsächlich? Den Schimmelreiter? Das muss doch nichts bedeuten. Nein, der Junge kann nichts wissen. Anne weiß es auch nach wie vor nicht. Niemand außer uns."

„Außer uns und … Bernhard."

7 Der Tag der unschuldigen Kinder

Am Morgen des 28. Dezember wache ich gegen 8 Uhr auf. Im Haus ist alles ruhig.

Die Augen habe ich noch geschlossen. Aber ich merke, wie mein Atem sich vertieft.

Nun öffne ich meine Augen. Nur ein wenig. Ungefähr so, wie ich sie immer zusammenkneife, um im Dunkeln besser zu sehen.

Meine dicke Bettdecke hebt und senkt sich über meinem ein- und ausatmenden Bauch.

Mir ist so wunderbar warm. An den Füßen, an den Händen. Überall. Selbst an der Nasenspitze.

Und das ist selten.

Nun mache ich die Augen ganz auf. Und blicke aus dem Fenster.

Mensch, wie das geschneit hat! Es ist ja seit Wochen schon alles schneebedeckt. Aber so liebevoll und kuschelig warm eingepackt wie heute habe ich die Welt noch nicht gesehen.

Ich springe aus dem Bett und laufe ans Fenster. Unser Garten ... ich würde bis zum Bauch im Schnee einsinken, ginge ich nun dort hinaus. Die Dächer der Nachbarhäuser ... als würde die Heizung in ihren Kellern nicht ausreichen, um die Menschen darin zu wärmen, haben sie sich über Nacht einen dicken weißen Schal stricken lassen und nun dankbar übergeworfen.

Die Bäume scheinen sich einen Spaß daraus zu machen, die schmalen Schneestreifen auf ihren knorrigen Ästen zu jonglieren.

Federleicht kommt mir der Schnee vor. Sahnig. Schaumig. Ginge ich nun in den Garten hinaus – er würde mich nicht erdrücken. Ich könnte ganz leicht durch ihn hindurchpflügen. Könnte ihn durchschwimmen. In ihm planschen.

Der Garten kommt mir vor wie ein großer weißer Swimmingpool.

Die Äste der Bäume ... Sie balancieren den Schnee aus und recken sich gleichzeitig weit über den großen

Pool. Als wollten sie heute einmal etwas Neues spielen: Sprungbretter sein!

Ich schwinge mich aus dem Bett und begebe mich nach unten in die Küche. Der Knopf der Kaffeemaschine leuchtet rot. Die Kanne ist jedoch fast leer. Vater ist also schon aus dem Haus gegangen.

Ich öffne den Kühlschrank und hole mir die Milch heraus, gieße sie in eine Tasse und stelle sie in die Mikrowelle. Danach gebe ich einen Löffel Honig hinein.

Mit der warmen Honigmilch setze ich mich zum Weihnachtsbaum. Auf den Boden. Meine Weihnachtsgeschenke liegen als Einziges noch dort. Alle anderen sind bereits weggeräumt.

Dass Mutter mir tatsächlich die Bücher über Herakles und Apollon geschenkt hat.

Ich hebe das Buch *Apollon – Gott des Lichtes – Beschützer der Künste* vom Boden auf. Das Titelbild zeigt den jungen göttlichen Beschützer halbnackt und auf einem vornehmen Stuhl sitzend. In der Hand hält er ein Saiteninstrument.

Mit meiner rechten Hand berühre ich vorsichtig den Einband. Den Beschützer.

Ich betrachte das Musikinstrument. Es sieht aus wie eine antike Leier.

Dann lasse ich meinen Blick über den Boden unter dem Weihnachtsbaum schweifen. Hier muss es doch noch irgendwo liegen. Das Papier.

Ja, da liegt es. Unter Jens' und Annes *Göttern des Olymp*. Die ich jetzt doppelt habe.

Das hübsche Geschenkpapier mit den kleinen Tempeln und Leiern.

Gerade will ich das Papier und das Apollon-Buch nehmen und aufstehen, als ich etwas Warmes an meinem rechten Knie spüre. Oje. Ich habe die Tasse mit der Honigmilch umgestoßen.

Die Milch ist über die Tempel und Leiern geflossen.

Schnell laufe ich in die Küche, um einen Lappen zu holen. Zuallererst säubere ich den Teppichboden. Ich drücke den Lappen fest in den Boden, um alle Flüssigkeit aufzusaugen.

Nun ist der Lappen vollgesaugt. Für das Papier reicht es nicht mehr.

Mit dem vollgesaugten und tropfenden Lappen eile ich erneut in die Küche. Ich wasche ihn gründlich aus. Und sehe der milchigen Flüssigkeit nach, wie sie im Abfluss verschwindet.

Mit dem ausgewaschenen Lappen bin ich wieder zurück im Wohnzimmer. Bei dem Geschenkpapier versuche ich zu retten, was noch zu retten ist. Doch das Papier hat inzwischen die komplette Honigmilch aufgesaugt.

Durchweicht und verblasst liegen Tempel und Leiern vor mir auf dem Boden.

Ich klemme mir *Apollon* und *Herakles* unter den Arm und fasse vorsichtig mit beiden Händen das Geschenkpapier.

Die ehrwürdige, etwas lädierte Antike balanciere ich hinauf in mein Zimmer.

Das Geschenkpapier lege ich zum Trocknen auf die Heizung. Dann setze ich mich aufs Fensterbrett. Ich liebe diesen Platz. Vor allem im Winter. Wenn die Heizung auch den Stein des Fensterbretts erwärmt.

Ich fange an, den Einleitungstext von *Apollon* zu lesen. Ich erfahre, dass das Saiteninstrument in der griechischen Antike besonders ihm zu Ehren gespielt wurde. Und dass es keine Leier war, sondern eine Kithara. Wohl so eine Art Vorstufe unserer Gitarre. Im Gegensatz zur viersaitigen Leier besaß die Kithara sieben Saiten und war außerdem größer.

Von meinen anderen Büchern weiß ich bereits Einiges über Apollons göttliche Verwandtschaft. So zum Beispiel über seine Schwester Artemis. Nun lese ich, dass sie seine erstgeborene Zwillingsschwester war.

Fröhliche Stimmen klingen durch das geschlossene Fenster. Rufe. Ein Juchzen.

Sie klopfen gar nicht erst an. Sie kommen einfach herein.

Ich sehe nach draußen.

Zusammen mit den in weißer Wolle eingestrickten Häusern und dem Schnee-Pool samt Sprungtürmen eröffnet sich mir abermals ein Blick auf eine neue Welt.

Diese Sicht von hier oben, aus höherer Warte, kann Vaters Holzzaun nicht verhindern.

Und so darf ich einem ausgelassenen Wintervergnügen in unserem Nachbargrundstück beiwohnen. Im verbotenen Grundstück.

Mit einer lilafarbenen Strickmütze (mit Bommel) und ihrem schwarzen Mantel sitzt Frau Holl auf einem Holzschlitten. Und der Schlitten wiederum, der steht startklar am Gipfel eines Schneehügels.

Auch aus der Entfernung, von meinem Aussichtspunkt hier auf dem Fensterbrett, kann ich Frau Holls leuchtend rote Wangen erkennen. Sie sieht aus wie ein übermütiges junges Mädchen.

Nun ruft sie irgendetwas nach unten. Zum Fuß des Berges.

Ich höre eine Männerstimme. Aber sie klingt ungewöhnlich hoch. Und sehe einen Mann. Mit Strickmütze. Und Bommel. Und ebenfalls einem Schlitten. Jetzt erklimmt auch er den Schneegipfel.

Da erklingt noch eine weitere Männerstimme. Die ist dunkel. Rau. Und ein zweiter Mann kommt oben auf dem Schlittenberg an. Allerdings ohne Mütze und Bommel. Dafür mit langen grauen Haaren.

Ich öffne das Fenster. Nur einen Spalt weit.

Der Mann mit den langen grauen Haaren und der tiefen Stimme ruft: „Auf die Plätze ... Fertig ... Prost!" – und die Dreierbande lässt ihre Schlitten sausen.

Was am Fuße des Berges, im Tal, geschieht, kann ich leider nicht sehen. Um genau das zu verhindern, ist Vaters Zaun hoch genug.

Frau Holls Schneeberg liegt im Toten Winkel.

Doch selbst dieser kann die Freuden des Winters nicht bremsen. Denn diese Freuden haben sich zu märchenhafter Höhe hinaufgeschwungen.

Die drei großen Kinder nebenan haben sich einen Schlittenhügel gebaut. Einen Berg der Freude. Der Holzzaun kann ihnen nichts anhaben. Diese – menschgemachte – Grenze ist überwunden.

Ein Überwinden von Grenzen auf anderer Ebene scheint Vater nicht einkalkuliert zu haben. Eine solch märchenhafte Dimension der Freude und des Lebens kommt in seinen Vorstellungen nicht vor.

Habe ich Vater eigentlich jemals fröhlich gesehen?
Ich muss lange überlegen.
Da fällt mir das Foto an der Treppe zum Keller wieder ein. So freudig umringt von seinen Kumpels, wie dieses Bild Vater in jungen Jahren zeigt, ausgelassenes Feiern und Fröhlichkeit können ihm doch nicht fremd sein.

Was ist mit ihm passiert? Seit dieser Zeit? Seit diesem Foto?

Was hat es mit der seltsamen Unterhaltung zwischen ihm und Onkel Jens auf sich?

Ich schwinge mich vom Fensterbrett.

Leise gehe ich die Treppe nach unten. Ich weiß nicht, wo meine Mutter ist. Lea schläft sicher noch.

Ich schleiche mich in Vaters Arbeitszimmer.

Wo kann er es hingetan haben? Unter dem Weihnachtsbaum ist ja nichts mehr gelegen. So ordentlich, wie es hier im Arbeitszimmer aussieht, hat bestimmt alles und jedes Ding einen ausgesuchten Platz.

Mächtig thront der schwarze Ledersessel neben dem riesigen Schreibtisch.

Das ist kein Stuhl, auf den man sich mal einfach so setzen darf.

Den Weg dorthin muss man sich verdienen. Den Weg zur Macht.

Doch auch wer mächtig ist, kann Angst haben.

Jens, bist du sicher, dass der Junge nichts weiß? Manchmal ist er mir direkt unheimlich. Stell dir vor, er hat mir den Schimmelreiter geschenkt. Ausgerechnet!

Manchmal bin ich ihm direkt unheimlich …

Warum nur?

Ich blicke auf den Sessel. Das schwarze, gesteppte Leder glänzt. Ich blicke auf den Schreibtisch. Das dunkelbraune Holz mit den hellen Intarsien glänzt.

Es riecht nach Putzmittel. Der Glanz wurde aufpoliert.

Hier glänzt nichts von allein.

Anders als meine Kastanien.

Ich stelle mir vor, dass ich welche in meiner Jackentasche habe. Dass ich sie berühre.

Die Zeit der Geborgenheit in ihrer stachligen grünen Hülle haben sie nicht vergessen. Die haben sie in sich gespeichert. Genauso wie die golden und zugleich erdig leuchtenden Farben des Herbstes um sie herum.

Wenn die Kastanien nach einem Spaziergang in meinem Zimmer auf dem Schreibtisch liegen, haben sie den Kreislauf, dem sie entstammen, mitgebracht.

Dann ist alles nicht mehr so schlimm zu Hause. Denn die Kastanien glänzen auch, wenn die Sonne nicht scheint. Den Glanz haben sie sich gemerkt.

Später dann, wenn alles vorbei ist, dann nehme ich die Kastanien wieder in meine Hände. Und dann fühlen sie sich noch viel weicher an, als ich sie in Erinnerung hatte.

Der Gedanke an das Weiche beim Berühren ihrer Schale ist immer da. Schon bevor ich sie wieder in Händen halte, spüre ich es schon auf meiner Haut: Das Kühlende. Tröstende. Das Heilende.

Das kann man üben, dieses schöne Gefühl in sich zu speichern. Das hab ich von den Kastanien gelernt.

Ich setze mich auf Vaters Ledersessel.

Ein eigenartiges Gefühl. Fremd. Kalt.

Ein eigenartiger, fremder, kalter Ort ist dieser Stuhl.

Und dennoch fühlt es sich in diesem Moment richtig an, genau hier zu sein.

Ich denke an das Skelett in Dr. Franks Arztpraxis. Es wollte damals auch in einem schwarzen Ledersessel sitzen. Genau in dem Moment, in dem ich mit Dr. Frank sprach.

Es wollte dabei sein, wenn man über Tränen sprach. Über Tränen, die heilen.

Meine Füße werden auf einmal ganz kalt. Ich ziehe sie an mich. Und sitze schließlich im Schneidersitz auf dem Stuhl.

In diesem Zimmer bin ich noch nicht oft gewesen. Ich weiß, dass es Vater heilig ist. Manchmal sperrt er es auch ab.

Entlang der Wände stehen hohe und breite Bücherregale. Bücher über Bücher.

Der Junge ist ein Bücherwurm …

Nicht müde wird Vater, dieses Urteil über mich kopfschüttelnd bei seinen Freunden und Bekannten zu verkünden. Wenn ich bei ihm auf der Anklagebank sitze. Gemeinsam mit meinen Büchern. Den Sagen. Und den Göttern.

Die Literatur in diesem Raum scheint Vater dagegen einer über Bücherwürmer gänzlich erhabenen Klasse zuzurechnen.

Einzig Dr. Klaus Roth obliegt hier jegliche Wertung.

Ich lege meine Hand auf den großen, altehrwürdigen Schreibtisch. Und ich bewundere die filigrane Intarsienarbeit. Unter der polierten Oberfläche umranken aus Holz gefertigte Blätter in verschiedenen Größen, Farben und Formen das imposante tischlerische Kunstwerk.

Er scheint ein Kunstfreund gewesen zu sein, mein Großvater. Dr. Maximilian Roth. Ihm gehörte dieser Schreibtisch einmal. Er ist Richter gewesen. Und Vater ist auch Richter.

An meinen Großvater habe ich keine Erinnerung.

Wenn in der Familie von ihm gesprochen wird, herrscht jedes Mal eine merkwürdig strenge Atmosphäre. Als wäre der ehemalige Familienvorstand noch anwesend, sprechen Mutter und Vater betont wertschätzend über ihn. Den großen Ahnherrn. Er scheint eine wirkliche Respektsperson gewesen zu sein. Seine Strenge wirkt bis heute nach.

Streng. Das ist das Stichwort.

All die Bücher in diesen Regalen hier ... Sie könnten genauso gut im Keller stehen. Im Vorratsraum.

Die Vielzahl juristischer Fachliteratur, die laufenden Meter an (für Vater) bedeutenden schriftstellerischen Werken, die beeindruckenden Exemplare ledergebundener Folianten – was für eine Fülle. Eigentlich.

Doch auch hier darf sich das Wissen, die Weisheit nicht entfalten. Keinen Millimeter Abstand haben die Bücher untereinander. Keinen Platz zum Atmen. Keinen Raum.

Es ist kein Raum hier. Nicht für Bücher. Nicht für …

Jetzt sehe ich es – das kleine gelbe Reclam-Büchlein! Das ich Vater zu Weihnachten geschenkt habe.

Rasch entknote ich meine Schneidersitzbeine und laufe zu der Vitrine mit den Folianten. Das schmale gelbe Papier sticht deutlich zwischen den altehrwürdigen dicken Wissensbrocken hervor. Und will so gar nicht zu den abgegriffenen Schweinsledereinbänden passen.

Dass Vater es ausgerechnet hierhin getan hat …

Vorsichtig versuche ich, das kleine Gelb von dem mächtigen dunklen Leder seiner Buchnachbarn zu befreien. Ich frage mich, wie es überhaupt den Weg in die Enge dieser Vitrine finden konnte. In die Strenge.

Die zarten Blätter des winzigen Büchleins – sie scheinen beinahe zermalmt zu werden zwischen den übermächtigen Pfeilern althergebrachten Wissens. Gleichsam zum Kerker verurteilt.

Von Roben, die kein Erbarmen kennen.

Noch einmal versuche ich, das wehrlose Papierbündel aus seinem Verlies zu befreien. Doch ich habe Angst, ich könnte es durch die kleinste Bewegung zerreißen.

Da fasse ich mir ein Herz und nehme den Folianten, der ganz rechts am Rand steht, heraus. Um Luft zu schaffen. Eben will ich ihn auf dem Schreibtisch ablegen, als etwas aus dem riesigen Buch herausfällt.

Nachdem ich mich der schweren Last entledigt habe, knie ich mich auf den Boden.

Dort liegt ein Foto. Verkehrt herum.

Ich will es gerade aufheben, als ich kurz innehalte. Ganz plötzlich denke ich an das, was ich heute Morgen gelesen habe. Ich denke an Apollon. Und an seine Zwillingsschwester Artemis. Die Erstgeborene.

Dann berühre ich das Foto. Obwohl es auf einem warmen Parkettboden mit Fußbodenheizung liegt, habe ich das Gefühl, auf einen eisigen Steinboden zu fassen.

Ich nehme das Foto, hebe es hoch – und drehe es um.

Das Papier ist etwas gewellt. Es ist ein Schwarzweißbild und zeigt eine sehr hübsche junge Frau.

Mutter ist es nicht.

Diese Frau hier hat ganz andere Augen. Wunderschöne Augen. Auch wenn es ein Schwarzweißbild ist, kann man erkennen, wie leuchtend und fröhlich diese Augen sind.

Mutters Augen sind nicht fröhlich.

Aber diese hier sind es.

Ich kenne diese Augen. Wäre das Bild in Farbe, wären die Augen … sie wären … grün … leuchtend grün. So grün wie …

Die Augen von Frau Holl.

Aber es ist nicht Frau Holl.

Es fehlt allerdings nicht viel, um die beiden verwechseln zu können.

Frau Holl ist ein Ebenbild dieser schwarzweißen Schönheit von Frau.

Wer das wohl sein kann.

Ich blicke zur Tür. Dann wieder zurück auf das Foto. Warum ist das Papier so gewellt?

Schnell stehe ich auf. Lege das Foto wieder zurück in das Buch. Die genaue Stelle finde ich nicht mehr. Also lege ich es so ziemlich in die Mitte des riesigen Bücherschinkens.

Bevor ich den Folianten wieder zurück in die Vitrine stelle, befreie ich endlich den so schändlich gequetschten *Schimmelreiter* aus seinem dunklen Ort. Ich kann mir kaum vorstellen, dass Vater das Büchlein vermissen wird.

Ich stecke es in meine Jackentasche. An den Platz für meine Kastanien. Und den Schweinslederpatriarchen stelle ich wieder an seinen rechten Platz.

Meine Augen können das Buch allerdings nicht recht loslassen. Den abgegriffenen, schuppigen Ledereinband. Das schwere, vergilbte Papier. Und darin eingeschlossen die geheimnisvolle Schönheit von Frau.

Noch einmal lege ich meine Hand auf das Buch.

Und habe das Bedürfnis, tief ein- und auszuatmen.

Dann nehme ich den *Schimmelreiter* aus meiner Jackentasche.

Ich halte das gelbe Heft mit meiner rechten Hand fest an meine Brust gedrückt.

In dieser Haltung steuere ich auf Vaters Ledersessel zu. Und nehme noch einmal darauf Platz.

Erneut lasse ich die Atmosphäre des Raums auf mich wirken.

Nein, es ist kein Raum hier. Nicht für Bücher. Nicht für … Liebe.

Ich stehe auf. Den *Schimmelreiter* fest in meiner rechten Hand. Ich gehe zur Tür. Und drehe mich noch einmal um.

Ich betrachte den großen Ledersessel.

Vor ein paar Tagen habe ich bei Dr. Frank auf einen solchen Sessel geblickt.

Ich denke an das Märchen von Rapunzel. An Dr. Franks Sehtest.

An Tränen, die heilen können.

8 Ich habe dich bei deinem Namen gerufen (Prophet Jesaja)

Zurück in meinem Zimmer ist mir plötzlich seltsam feierlich zumute. Und seltsam leicht.

So erleichtert fühle ich mich, als ob gerade in diesem Moment etwas von mir genommen würde.

Und gleichzeitig bin ich so erfüllt, als erhielte ich im Gegenzug etwas. Was an der Leichtigkeit jedoch nichts ändert.

Ich habe das Gefühl, bei einer Art von Zeremonie anwesend zu sein. Einer sonderbar festlichen Andacht. In aller Stille. Im Alleinsein.

Aus meinem Fenster blickend. Aus der Höhe. Auf die vom Schnee veränderte Welt. Die Welt, wie ich sie bisher kannte.

Mollige Schneeflocken segeln vor dem Blaugrau des Himmels durch die Luft. Ich beobachte, wie sie sich sanft absenken, um schließlich auf der Erde Platz zu nehmen. Jede einzelne Flocke an ihrem eigenen Platz. Auf einem Schornstein. Einem Ast. Einem Swimmingpool-Sprungbrett. Um mitzuhelfen, diese Welt einzuhüllen. Um sich mit der Gesamtheit aller Flocken einstricken zu lassen in einen weißen, wärmenden Schal. Sich als dickes weiches Wolltuch zu verschenken.

Ich wünsche allen Menschen, die Weichheit dieses Tuches mit ihren Augen zu fühlen. Zu spüren, wie es sich wärmend auf die Dächer der Häuser legt. Wie es sich an das schwarze Eisengestell der Straßenlaternen schmiegt. Und die Gärten in eine mit Schaum gefüllte große Badewanne verwandelt.

Ich denke an den Traum, den ich in der Nacht vor Heiligabend hatte. An das Tuch aus Bienen. Unter dem Sonnenschirm. Als meine Mutter in unserem Garten verbrannte.

Auch das Bienentuch muss unglaublich weich gewesen sein. Bei den Unmengen von Bienenhaaren. Eine einzige Honigbiene hat drei Millionen Haare. Der Mensch nur hunderttausend. Sagt unsere Biologielehrerin.

Bienen haben sogar Haare in den Augen, sagt sie. Damit können sie sich perfekt orientieren.

Und ja, ich erinnere mich: Jede Biene wusste sofort, wo sie Platz nehmen sollte. Auf Geheiß eines unsichtbaren Platzanweisers.

Genau wie die Schneeflocken es gerade tun, halfen all die Bienen in meinem Traum mit, zu einem großen weichen Tuch zu werden. Sie alle waren bereit, sich darin einweben zu lassen.

Die Weichheit eines solchen Tuches, eines solch gnädigen Schals zu spüren, sich damit zu schützen – das habe ich meiner Mutter an diesem grausamen Tag in unserem Garten so sehr gewünscht.

Ich habe sie verzweifelt angefleht, sich zu schützen. Habe ich das?

Es kamen keine Worte über meine Lippen. Es ging nicht.

Warum?

Warum konnte ich nicht mit ihr sprechen? Nicht zu ihr laufen?

Warum konnte ich sie nicht schützen?

Und warum konnte sie sich selbst nicht schützen?

Vor einem Zuviel. Und gleichzeitig vor einem Zuwenig.

Meine Mutter hat sich weder vor dem einen noch vor dem anderen geschützt.

Für sie kam das Tuch zu spät.

Oder sie kam zu spät. Merkte zu spät, welche Schmerzen ihr das Leben in diesem Garten bereitete. Hat sie es überhaupt bemerkt?

Merkt sie nicht, dass sie eigentlich schon tot ist?

Dieses Haus, dieser Garten, alle Menschen, die hier leben (oder es zumindest meinen) – es ist gut, dass ich genau hier stehe. Genau in diesem Moment. Mit meinen Füßen in den blauen Socken. Auf dem grauen Teppich.

Auf diesen Teppich hat mich mein bisheriger Lebensweg geleitet. In dieses Zimmer. Zu diesem Blick aus dem Fenster. Hierher führt die Spur.

Eine unsichtbare Spur. Und dennoch eine wirkliche Reise.

All die Jahre. Ein langer Weg. Unzählige Schritte.

Ich blicke auf meine Füße. Dann gehe ich in die Hocke. Ich umfasse meine Knie. Und lege meine Hände auf meine Füße.

Das also bin ich. Das sind die sechs Buchstaben. Sechs Buchstaben leben auf diesem Teppich, in diesem Zimmer, in diesem Haus.

Hier ist mein Platz. Hier soll ich sein.

Ich mache einen tiefen Atemzug. Dann stehe ich auf.

Ich setze mich auf mein Bett. Sehe von dort noch einmal nach draußen. So wie heute Morgen vor dem Aufstehen.

Und meine Augen fühlen den Schnee. Sein Anderssein, seinen Trost, sein sich Verbinden mit all den anderen unzähligen Flocken. Und sein sich Verdichten zu diesem wundersamen weißen Tuch.

Gewebt speziell für diese Jahreszeit. Bereit sich zu verschenken. Um jetzt zu wärmen, zu beschützen.

Und sich im Frühjahr wieder dem Lauf der Dinge zu überlassen. Zu schmelzen, zu vergehen. Zu Wasser zu werden. Zu neuer Nahrung für die Welt.

So wie ich im Herbst die Kastanien fühle, ihre Geschichte, ihren Kreislauf, dem sie entstammen, verbinde ich mich nun mit dem Geheimnis der weißen Flocken.

Jetzt sind es Flocken. Im Frühjahr wird es Wasser sein. Wird fließen, wird nähren. Doch muss vorher vergehen.

„... Muss vorher vergehen..." Ich höre mich diese drei Worte sprechen. Leise. Langsam.

Ich erinnere mich an meinen Besuch bei Dr. Frank. An den Sehtest bei ihm. Als ich an Kastanien dachte.

An den Glanz ihrer Schale. Wie auch an den Glanz all der herrlich bunten Blätter im Herbstwald.

Ich sehe den Wald noch einmal vor mir. Die Blätter leuchten. Sie rascheln. Jemand spaziert durch den Wald. Hand in Hand.

Es ist ein verliebtes Pärchen. Sie flüstern, sie kichern.

Nun reißt die Frau sich von dem Mann los. Sie lacht. Neckend, übermütig. Die Blätter rascheln und wirbeln im Glanz des Herbstlichts über den Waldboden. Der Mann läuft, ebenfalls übermütig lachend, hinterher. Gleich hat er seine Freundin eingeholt.

Dann lehnen sie an einem Baum. Sie küssen sich. Der Mann streichelt der Frau über ihr glänzendes braunes Haar. Nun legt sie ihren Kopf in den Nacken.

Ich kann ihr Gesicht erkennen.

Es ist die Frau aus Vaters Bücherregal. Die Frau auf dem Foto.

Deutlich erkenne ich ihre Spur. Ihre Schritte. Sie führen durch den Herbstwald.

Eigentlich ist die Spur unsichtbar.

Doch nun – der Schnee dieser feierlichen Winterlandschaft: Er verhüllt die Welt.

Scheinbar.

Denn etwas scheint hindurch.

Das Verborgene.

Wer den Schnee mit seinen Augen fühlen kann, wird es erkennen.

Ich denke an das Detektivspiel, das Lea von Vater und Mutter zu Weihnachten bekommen hat. Wenn man Fingerabdrücke sichtbar machen möchte, nimmt man ein bisschen Mehl, verstreut es auf den entsprechenden Stellen, wedelt es ab – und das feine Pulver bleibt an den Spuren haften.

Ich brauche nicht zu wedeln.

Das macht der Wind. Der Herbstwind, den ich so liebe.

Er gesellt sich heute zu diesem für mich so feierlichen Wintertag. Ein Tag, der Herbst und Winter vereint.

Ich kenne auch die Nacht, die Herbst und Winter vereint.

Es war eine feierliche Winternacht. Als ich den wundersamen Stall im Wald sah. An Heiligabend.

Überall lag Schnee. Nur dort, wo das Reh an dem Holunderstrauch nagte, dort war Herbst. Der Holunder verschenkte sich mit seinen reifen lilafarbenen Früchten. Umgeben von Schnee.

Und nun fühle ich in mir, wie die molligen Schneeflocken feierlich im Herbstwald niedersinken.

Ich fühle, ich sehe den Schnee in mir.

Ein unsichtbarer Detektiv verstreut den Schnee. In mir. Er möchte etwas Verborgenes sichtbar machen.

Die Schneeflocken legen sich auf eine unsichtbare Spur. Auf die Spur der Frau auf dem Foto.

Der Detektiv lässt die Schneeflocken tanzen. Im Wald der Verliebten.

Ein Tanz, der vom Himmel fällt.

Ein Tanz, der zum Himmel weist.

Keiner denkt mehr an die Verliebten im Herbstwald. Viele Jahre sind vergangen.

Nur die Kastanien haben es nicht vergessen. Das glückliche Paar. So glücklich und verliebt, wie es nicht oft passiert im Leben.

Und auch dem unsichtbaren Detektiv lässt die Sache keine Ruhe.

Er lässt den Herbstwind über den Schnee wehen. Und auch den Sturm.

Feiner Schneestaub bleibt an der Spur der schönen jungen Frau haften.

Ich fühle die Spur in meinen Augen.

Es ist nicht die Spur eines Menschen. Es ist eine Tierspur. Eine Fährte.

Ich kenne solche Trittsiegel. Das ist ein Paarhufer. Kein Pferd. Kein Hirsch.

Es ist ein Reh.

Längliche Abdrücke, die vorne spitz zulaufen. Etwa fünf Zentimeter lang.

Noch etwas ist erkennbar: Die kleinen Afterzehen.

Das Reh war eindeutig auf der Flucht.

Dieser geheimnisvolle Schnee. Er lässt mich sehen. Und er lässt mich atmen.

Obwohl das Fenster geschlossen ist, strömt die kalte Winterluft durch meinen geöffneten Mund.

Die kalte Winterluft strömt durch meinen geöffneten Mund. Sie erfrischt und wärmt mich zugleich. Ich empfange diese Luft wie der Acker das Wasser, wie das Korn die Sonne, wie im Märchen das Waisenkind die Sterntaler vom Himmel.

Frau Holl. Unsere Begegnung vor unserem Haus. Im Schnee. Am Tag vor Heiligabend.

Ich stehe auf von meinem Bett. Ich gehe ans Fenster.
Ich öffne es. Um zu lauschen. Ob noch Stimmen aus dem verbotenen Grundstück zu vernehmen sind.
Doch es ist alles ruhig.
Da sehe ich Frau Holls Katze über unser Gartentürchen klettern. Und schon ist sie in unserem Swimmingpool aus Schnee gelandet.
Ihre Spuren sind nun die einzigen in unserem Garten.
Ein guter Fährtenleser wird später erkennen können, dass es eine Katze war, die hier durch den tiefen Schnee gepflügt ist. Er wird auch herausfinden, dass das Tier sehr gemächlich unterwegs war. Weder einer Maus hinterherjagend, noch auf der Flucht vor einem anderen Raubtier.
Weder Täter noch Opfer ist das glückliche Tier in diesem Moment.

Ich denke an die verschneite Spur der jungen Frau im Herbstwald. An die Fährte des Rehs.
Es ist eine Fluchtspur.
Das Reh wurde durch den Wald gejagt.
Ich sehe, wie es um sein Leben läuft.
Nun sind letzten Bäume des Waldes erreicht. Das Reh läuft hinein ins Dorf.
Es wird nicht mehr zurückkehren.

9 Der Stoff, aus dem die Flocken sind

Zum vermeintlich rettenden Ufer läuft es. Das Reh. Dort, die Lichter im Dorf. Sie winken ihm. Hier wird sich doch eine Tür öffnen. Wird sich ein mitfühlendes Herz finden. Wenigstens eines. Das die Not erkennt. Und mithilft, den grausamen Plan zu entwaffnen.

Doch was winkend sich als rettende Hand in der Flut, als lenkendes Licht in der Dunkelheit anbietet, ist Inszenierung. Ist Hinterhalt.

Mit einem Mal ist der leuchtende Ruf am anderen Ufer verstummt.

Dort wartet nun finstere Leere. Es lauert der Tod.

Ich denke an das Lied von den Königskindern:

Es waren zwei Königskinder,
die hatten einander so lieb,
sie konnten zusammen nicht kommen,
das Wasser war viel zu tief.

„Ach, Liebster, kannst du nicht schwimmen,
so schwimm doch herüber zu mir,
drei Kerzen will ich dir anzünden,
und die sollen leuchten dir."

Das hört eine falsche Nonne,
die tat, als wenn sie schlief,
sie tät die Kerzen auslöschen,
der Jüngling ertrank so tief.

Ein Fischer wohl fischte lange,
bis er den Toten fand.
„Sieh da, du liebliche Jungfrau,
hast hier deinen Königssohn."

Sie nahm ihn in ihre Arme
und küsst ihm den bleichen Mund.
Es musst ihr das Herze brechen,
sank in den Tod zur Stund.

In ein festliches Gewand hat sich des Rehleins Hinrichtungsstätte gehüllt. Hat sich getarnt. Mit einem grell glänzenden weißen Tuch. Einem giftigen Tuch.

So giftig wie das Hemd des Kentauren Nessos.

Ein hoher Turm schimmert hell im Mondlicht. Inmitten des kleinen Dorfes reckt sich der Turm gen Himmel. Sehnend. Flehend.

Doch das Schimmern in jener Nacht ist grell. Anders als sonst.

Anders, als es die Bestimmung des Turmes vorsieht.

Es wird ihm ein überhebliches Blendwerk übergestülpt.

Der unschuldige Glanz von tausend Kerzen, den der Turm erstrahlen lassen, den er aussenden möchte, in die stürmischen Wogen der verzweifelten menschlichen Seele – er wird zerstört. Entehrt.

In jener Nacht.

Das warme Licht ins Grelle, Künstliche, ins Unmenschliche verdreht.

Im grellen, giftigen Glanz sonnen sich Anmaßung und Hochmut.

Sie versprechen etwas Elitäres.

Und erstreben es dabei nur für sich selbst.

Denn leuchten will der Hochmut nur für sich allein. Will heller strahlen als andere. Andere übertrumpfen, anderen überlegen sein. Sie beherrschen.

Macht haben.

Nur Fratze ist ein solches Licht.

Es scheint nicht für die Welt. Nicht für die Schiffbrüchigen auf hoher See.

Hochmütiges und eitles Leuchten, in einem hohen Turm, in der Mitte eines Dorfes – so war es nicht gemeint.

Ein menschlich warmes Licht scheint nicht für sich selbst.

Ich denke an den Film *Bruder Sonne, Schwester Mond*. An die Begegnung von Franz von Assisi mit Papst Innozenz III. Mutter hat sich diesen Film oft angesehen. Wenn Vater nicht zu Hause war.

Immer wieder suchte sie mit der Fernbedienung eine bestimmte Filmszene:

Der prunkvolle Petersdom in Rom, über und über angefüllt mit herausgeputzten Kardinälen. Glamourösen Abendkleidern gleichen ihre Roben. Mit gepuderten und geschminkten Gesichtern blicken sie abschätzig auf Francesco und seine bettelarmen Ordensbrüder herab.

Barfuß steht die Schar um Francesco auf dem kalten Steinboden der Kirche. Ihr Gewand besteht aus wenigen Fäden braunen Leinens.

Das soll Kleidung sein? Das soll einen Menschen wärmen?

Mit solch erbärmlichen Gestalten wollen die Kardinäle nichts zu tun haben.

Doch kein Stoff wird dich jemals wärmen können.

Die Wärme ist in dir. Oder nirgends.

Papst Innozenz jedoch (Mutter nannte immer nur den Namen des Schauspielers, Alec Guinness) – zunächst ebenso distanziert wie die Schar seiner Kardinäle – erkennt schließlich in den einfachen Ordensbrüdern die vergessene Essenz alles Göttlichen: die Fülle und die Liebe in der Erbärmlichkeit unseres Daseins.

Verschüttet, missachtet liegt der Urgrund – das Leiden, das die Erlösung in sich trägt – begraben unter einer Orgie gepuderter und in Seidenkleidern umhertanzender selbsternannter Kirchenkönige.

Du hast uns beschämt, sagt Alec Guinness schließlich zu Francesco.

Ich denke an Frau Holl und ihre Schneeflocken.
Das einzige Tuch, das uns Menschen wärmen kann, ist der Stoff, aus dem die Flocken sind.

Die einzige Tür, die dem Rehlein im Dorf ward aufgetan, sie verbarg sich unter einem grell schimmernden weißen Stoff.
Dem eitlen Schimmern, das nur sich selbst retten will.
Die geöffnete Tür war eine Einladung aus dem Hinterhalt.
Kaum hat das Reh den Raum dahinter betreten, fällt sie donnernd ins Schloss.
Die sanfte Stimme, die Trost versprochen hatte, Zuflucht, Hoffnung – ward hartes Schweigen.
Ward grausig wie ein Schafott.
Die Maske der Menschlichkeit liegt zerfetzt am Boden. Das Gift, in das der Stoff der Maske getaucht war, tränkt den Boden.
Zu spät erkennt das Rehlein, was der glänzende Turm auf dem Kirchplatz wirklich ist: Ein Blutgerüst.

Nicht alles, was leuchtet, sendet dir wirklich ein Licht.
Das weiß ich nun.
Mir ist nach einer Tasse Tee.
„Haltet durch! Gebt nicht auf! Ihr seid auf dem richtigen Kurs! Bald seid Ihr am rettenden Ufer und bekommt einen warmen Tee vom Leuchtturmwärter!"
Ich gehe nach unten in die Küche. Als ich den Wasserkocher auffüllen möchte, bemerke ich, dass das

Spülbecken noch immer von einem milchigen Film überzogen ist. Es war wohl in der Zwischenzeit niemand hier.

Vorsichtig lasse ich das Wasser in den Wasserkocher fließen. Kein Tropfen soll daneben gehen. Die feine weiße Schicht soll unversehrt bleiben.

Mal sehen, wer als Erster seine Spur darauf hinterlässt.

Ich warte, bis das Wasser kocht. Dann gieße ich den Tee auf.

Ich höre Geräusche im Flur. Jemand legt seine Schlüssel auf dem Glastisch ab. „Manuel?!" Mutter kommt zur Tür herein. „Ich war beim Einkaufen. Ist Lea schon aufgestanden?"

Ich schüttle den Kopf.

Mutter geht nach oben.

Als ich, mit der Teetasse in der Hand, ebenfalls nach oben gehen möchte, bemerke ich einen außergewöhnlichen Geruch. Ich könnte nicht sagen, wonach genau es duftet. Der Tee ist es nicht.

Es riecht nach Waldspaziergang. Aber das ist nur ein Anteil. Ein Teil einer Art von Mischung, einer seltsam berührenden Duftkomposition.

Kein Duft im Sinne von Parfum. Nichts Gekauftes. Eher etwas ... Gemachtes.

Etwas mit Freude Gemachtes. Geschaffenes. Gestaltetes. Komponiertes.

Das, was gerade um meine Nase schwebt – es macht Lust auf ... Ideen!

Und auf Essen. Und Trinken. Auf Singen und Tanzen. Auf Freunde.

Auf Lebendigkeit.

Ich höre die Toilettenspülung durchs Haus rauschen. Mutter scheint im Badezimmer zu sein.
„Mama, ich geh ein bisschen nach draußen!"
Von oben antwortet zunächst die Verriegelung der Badezimmertür. Danach meine Mutter, in energischem Flüsterton: „Mensch Manuel, nicht so laut. Lea schläft doch noch."
Das ist lautes Flüstern. Oder leises Schreien. Ein Schrei, der keiner sein darf.
Ich gehe in den Flur und ziehe mich an. Sagte Mutter nicht, sie sei beim Einkaufen gewesen? Doch kein Korb, keine Tüten – es sieht nicht aus wie sonst, wenn sie vom Einkaufen zurückkommt.
Als ich eine der Kommodenschubladen herausziehe, überlege ich kurz, welche Mütze ich nehme. Und entscheide mich schließlich für die mit dem Bommel.
Dann öffne ich die Haustür und gehe hinaus. Man merkt, dass Vater nicht hier ist. Denn auf dem Gehweg liegt knöchelhoch der Schnee. Sieht aus wie geschlagene Sahne.
Die scharfe Kante von Vaters Schneeschieber kam seit Stunden nicht zum Einsatz.
Wenn er das wüsste.
Nur eine Fußspur ist zu sehen. Die meiner Mutter.
Langsam schlendere ich unseren Gehweg entlang. Auch vor Frau Holls Tür verläuft eine Spur durch den frischen Schnee.

Ich denke an unser Spülbecken. Die Milch ist wie der vom Wind verwehte Schnee des Detektivs.

Dann bleibe ich stehen. Wo ich seit Jahren immer nur vorbeigehe und niemals wirklich hingesehen habe.

So nah an allem, was ich bisher kannte. Was mich umgab, was man mir sagte. Und was nicht.

Was mir fremd war. Was weit weg war. Bisher.

Ich denke an die andere Seite unseres Hauses. Die Gartenseite. An den Holzzaun.

Hier vorne hat Vater ebenfalls einen Zaun gebaut. Einen unsichtbaren.

Wie anders dieser Eingang hier ist, im Vergleich zu unserem. Er wirkt gar nicht wie ein Eingang. Man scheint schon mittendrin zu sein im Nachbarhaus.

Eine Bank und zwei Stühle sind um einen schmiedeeisernen Tisch versammelt. Und ein schmiedeeiserner Teewagen steht ebenfalls bereit. Die Gastgeberin hat schon alles vorbereitet.

Das Wohnen fängt hier quasi schon am Gehweg an.

Auf dem Teewagen ein Vogelhäuschen. Hier wird Behaglichkeit serviert.

Und auf dem schmiedeeisernen Mobiliar: Tischtuch, Kissen und Servietten. Frisch und duftig direkt aus dem winterlichen Wäscheschrank. Alles festlich weiß. Eingeschneit.

Wäsche aus Schnee. Der Stoff, aus dem die Flocken sind.

Ich denke an das fliehende Reh. An die Überheblichkeit eines grellen Leuchtturms. Den hinterhältigen Mord, der innerhalb seiner Mauern geschah. Und an die bettelarmen Mönche um Franz von Assisi in ihren löchrigen Leinenkutten.

Das einzige Tuch, das uns Menschen wärmen kann, ist der Stoff, aus dem die Flocken sind.

Unter der Tanne ist ein Holzpflock eingeschlagen. Daran hängt ein durchsichtiger Futterbehälter. Mit einem bunt bemalten Deckel. Erdnüsse, Haselnüsse, Walnüsse – Frau Holl hat an die Eichhörnchen gedacht.

Und unter dem Vordach entdecke ich ein kleines Holzhäuschen. Ein weiteres Zuhause für Vögel kann es nicht sein. Denn es ist gefüllt mit Holzröhrchen in allen Größen. Und ein paar Tannenzapfen liegen auch darin. Was das wohl sein mag? Nur Dekoration? Einfach nur eine Bastelarbeit?

Dann blicke ich auf die Vielzahl von Blumenkübeln. Wer Frau Holl in diesen Tagen besucht, defiliert an Lavendel, Rhododendren und Buchsbaum vorbei, die vor ihrem Haus postiert sind – alle gerade im Winterschlaf.

Die Kübel sind sorgfältig eingepackt und vor Kälte geschützt.

Zweifach eingepackt. Mit Sackleinen von unten, mit Schnee von oben.

Mit dem dicken weißen Strickschal von oben.

Und die weiße Verkleidung hat auch hier so Manches verwandelt. Aus der einen Pflanze ist eine vielarmige tanzende Göttin geworden. Aus anderen ein Schloss mit vielen Türmen. Und dort – ein Hochhaus mit schiefen Balkonen.

Das ist wie bei den Wolken. Auch sie vollführen den Tanz einer wundersamen Verwandlung. Werden zu einem staunenswerten Bauwerk der Sinne.

Aus Wassertropfen und Eiskristallen werden kuschelige Schafe, Männer mit Rauschebart, freudig springende Katzen und Hunde, Herzen, Walrösser, Schwäne. Oder Türme aus Watte. Aus Schlagsahne.

Zu einem Turm, der einlädt, ihn zu besuchen.

So wie der Turm im Wald mit den vielen Tieren. Der eigentlich ein Stall war.

Türme lassen mich einfach nicht los.

Und diese weißen Sahnetürme hier: Wie sieht es wohl innen drinnen aus? Die Treppen aus weißer Schokolade, die Möbel aus Himbeeren?

Süß, samtweich und saftig – der betörende Geschmack der Früchte benetzt meine Zunge.

Serviert Frau Holl schon den Nachtisch?

Muss ich bald gehen?

Ich denke an den Duft, den Mutter vorhin mit in unser Haus gebracht hatte.

Kein Duft im Sinne von Parfum. Nichts Gekauftes. Eher etwas ... Gemachtes.

Etwas mit Freude Gemachtes. Geschaffenes. Gestaltetes. Komponiertes.

Das, was gerade um meine Nase schwebt – es macht Lust auf ... Ideen!

Und auf Essen. Und Trinken. Auf Singen und Tanzen. Auf Freunde.

Auf Lebendigkeit.

Mein Blick fällt auf die Hausmauer. Unter dem Dach liegen, dicht an dicht, welke braune Blätter. Durch Feuchtigkeit und Kälte aneinandergeklebt. Als würden sie Frau Holls Haus abdichten. Wie eine Borte aus Wolle oder Stoff sehen sie aus.

Und an die gestrickte Borte schließt sich das kuschelige weiße Schneetuch an.

Irgendwie haben die Blätter es geschafft, den Herbststürmen zu trotzen. Und sind einfach liegengeblieben. Es wurde Oktober, November, es wurde Dezember. Durch die Luft gesegelt und gelandet sind sie jedoch schon im September. Warum nicht, scheinen sie zu sagen. Hier ist unser Platz. Auch wenn wir nicht zur Saison gehören.

Bei uns zu Hause wäre das nicht erlaubt. Im Winter darf man doch keine Herbstblätter mehr sehen! Die gehören gründlich zusammengerecht und entsorgt. Auf dem Kompost verfaulen sollen sie. Jutta! Weg damit! Und hast du das Kellerregal kontrolliert? Stimmt alles mit dem Haushaltsbuch überein? Ich hoffe für dich, dass ich keine abgelaufenen Lebensmittel darin finde!

Auf dem Kompost verfaulen … Wie die Blumen, die Mutter vor den Holzzaun pflanzen wollte.

Das hat sie nicht überlebt.

In meinem Augenwinkel nehme ich eine Gestalt wahr: Ich drehe mich nach rechts. Dürre Äste strecken sich mir aus einem mit Sackleinen eingeschlagenen Topf entgegen. Weit nach oben ragen sie. Sie überragen mich.

Dürr sind sie. Doch kräftig genug, um den schweren Schnee zu tragen.

Verflochten. Doch nicht dicht. Es gibt kahle Räume in ihrem Geflecht.

Ich gehe näher in diese Pflanze heran. Jetzt habe ich sie mit meiner Schulter berührt. Etwas Schnee fällt auf meinen Mantel.

Da strahlt ein Licht durch einen der kahlen Räume im Geäst.

… Ebenso unvermutet wie fein berührt mich mit dem von der Hecke gleitenden Schnee ein sonderbares, durchs Geäst rieselndes Licht …

Ich drehe meinen Kopf etwas zur Seite.

Da sehe ich sie.

Sie hat eine Kerze am Fenster angezündet.

Ihr Gesicht leuchtet. Die Flamme spiegelt sich darin.

Wie wunderschön diese Frau ist.

Wie lange stehe ich nun schon hier? Muss ich nicht längst nach Hause?

Frau Holl hat doch schon den Nachtisch serviert. Himbeeren. Also muss es zuvor auch schon etwas gegeben haben.

Was war es noch?

Kann ich das vergessen haben?

Ich war doch eingeladen. Zu Tee und Punsch. Zu Suppe und feinen Häppchen.

Zum Singen und Tanzen. Zum Fröhlichsein.

Doch nun schnell nach Hause.

Es klopft. Ich hebe den Kopf. Da. Frau Holl. Im Kerzenschein. Sie winkt mir. Dann ist ihr Kopf verschwunden.

Die Haustür geht auf. „Manuel, möchtest du eine Tasse Holunderpunsch?"

10 Es klingt von tausend goldenen Saiten

Ein hagerer Mann mit langen grauen Haaren kommt auf mich zu. Aus einer Ecke des Wohnzimmers, die auf der Gartenseite liegt. Mit bunten Wollsocken schreitet er über einen riesigen weißen Teppich. Ich erkenne den Mann gleich wieder. Er war auf Frau Holls Schlittenberg heute Morgen dabei. „Hallo. Ich bin Achim."

Er ist groß und schlaksig. Ganz in Schwarz gekleidet. Mit Ausnahme der Wollsocken. Und eine Stimme hat er wie ein Reibeisen.

Sein Schreiten über den Teppich – es erinnert mich an das Staksen eines Storchs auf einer sumpfigen Wiese. Nur dass die Wiese, über die er gerade watet, nicht grün ist, sondern weiß. Und diese Wiese ist nicht gewachsen, sondern gewebt.

Aus Wolle gewachsen.

„Heiner ... Besuch ..." Frau Holl hängt meinen Mantel an die Garderobe. Sie blickt in Richtung des Kachelofens, auf der anderen Seite des großen weißen Teppichs.

Sie schickt ihre Stimme an eine bestimmte Stelle hinter dem Ofen. Gezielt lässt sie die zwei Worte durch den Raum schweben. Dunkel ist der Klang der Stimme. Und nicht leise. Doch freundlich die Botschaft.

Es ist das erste Mal, dass ich ihre Worte in einem geschlossenen Raum höre.

„Oh, nochmal Besuch? Moment ..." Diese Männerstimme klingt ganz anders als die erste. Es ist ein heller Klang. Eine ungewöhnlich hohe Stimme für einen Mann. Das muss der Schlittenfahrer mit der Bommelmütze sein. „Da kann man mich doch glatt hinter dem Ofen hervorlocken."

Frau Holls Botschaft ist angekommen. Gut gelandet. Am Zielort hinter dem Ofen.

Die schwebenden Worte haben sich dem Raum überlassen. Und die ihnen zugedachte Spur genommen.

Da höre ich ein lautes Klappern. Von Geschirr. „Mist ... Vera ..." Ein rundlicher kleiner Mann biegt um den Kachelofen. Seine Hose ist voll dunkler Flecken. „Na, Tach auch! Mit wem haben wir denn das Vergnügen?"

Er ist es. Der andere Mann vom Schlittenberg.

„Ich bin Manuel, guten Tag."

„Und ich bin Heiner." Er reibt mit der Hand über seine Oberschenkel, über die nassen Stellen auf seiner Hose. „Grüß dich."

„Oh, Heiner, ist dir der Farbtopf umgefallen?" Frau Holl sieht Heiner mitleidig an.

Der grummelt etwas Unverständliches vor sich hin. Dann sagt er: „Entschuldige bitte. Ich bin beim Aufstehen an den Tisch gestoßen und habe deinen leckeren Punsch verschüttet. Das muss ich schnell wegwischen". Er verschwindet in den Hausflur.

„Nimm den dunklen Lappen, Heiner", ruft Frau Holl ihm hinterher.

„Ja", schallt es aus der Küche, „der ist schon so dunkel wie Holunder. Kriegt man ja so schlecht raus die Farbe". Während Heiner den letzten Satz spricht, kommt er auch schon wieder zurück ins Wohnzimmer. Schnaufend. Mit rotem Kopf. In einer Hand den Lappen, in der anderen eine kleine Schüssel.

Erstaunlich, dass er heute Morgen mit dem Schlitten zugange war. Er scheint körperlich nicht sehr fit zu sein. Dieser tapsige Bär. Der ebenfalls bunte Wollsocken trägt.

„Manuel, möchtest du auch einen heißen Farbtopf?" Frau Holls grüne Augen leuchten mich an. Die gleichen Augen, die ich heute auf dem Foto in Vaters Arbeitszimmer gesehen habe. Fast die gleichen.

Ihre Stimme klingt nun weniger dunkel als vorhin. Doch gleichbleibend kraftvoll. Nicht leise. Aber freundlich. Man hört immer etwas Weiches durch. Bei allem, was sie spricht.

Manchmal habe ich sie – hinter Vaters Holzzaun – mit ihrer Katze sprechen hören. In diesem liebe- und kraftvollen Ton. Der gleichzeitig niemals nur ein einziger Ton war. Vielmehr ein ganzes Bündel von Tönen und Klängen. Ein bunter Strauß aus Tönen sozusagen. Sorgsam arrangiert.

Und genauso schwingen ihre Worte nun hier durch das Haus. Fein dosiert und komponiert. Dabei immer klar und überlegt.

Ich höre ihre Stimme lieber hier drin als draußen.

Und ja. Ich mag Holunder. Und ich mag Frau Holls Farben. Schwarz und Lila.

Heute Morgen war ich genauso tapsig und ungeschickt wie Heiner. Und ich bin froh, dass es bei mir nur Milch war, die ich auf dem Teppich zu Hause verschüttet habe.

Ich denke an die feine Milchschicht im Spülbecken unserer Küche.

In Frau Holls Spülbecken hat Heiner nun wohl lila Farbe hinterlassen. Ein Detektiv könnte also später auch dort Spuren entdecken.

Da steht sie. Lässig an den Türrahmen zwischen Flur und Wohnzimmer gelehnt. Groß. Schlank. Zart. Stark.

Ein sanft-energischer Schwung umgibt diese Frau. Wie sie spricht. Wie sie geht. Wie sie steht.

Anmutig. Geschmeidig. Und doch voller Energie.

Eingehüllt in einen kuschelweichen violetten Rollkragenpullover. Er reicht ihr fast bis zu den Knien. Und dennoch kann er nichts verhüllen. Nicht ihre weiche Haut, nicht ihren anmutigen Körper. Geschwungen, geformt, beschenkt in allem, was schön sein kann.

Sie ist anziehend. Und doch nicht angezogen. Der längste und dickste Pullover würde das nicht schaffen.

Sie berührt. Und man möchte berühren.

„Ja. Danke. Gerne", haucht es aus mir heraus.

Sie lächelt. Und verlässt das Wohnzimmer.

Heiner ist wieder hinter dem Kamin verschwunden.

Nun blicke ich zu dem anderen Mann. Er steht ganz am hinteren Ende des Wohnzimmers. Eben faltet er seine Zeitung zusammen. Er ruft in Richtung Kamin. „Heiner, du alter Schussel. Erst vergisst du dein Handy, dann lässt du die Bratkartoffeln anbrennen – Vera hat sie allerdings auch schon mal besser hinbekommen, es fehlte Rosmarin – und jetzt verschüttest du auch noch ihren kostbaren Punsch." Achims Stimme kratzt. Sie reibt sich an etwas. Oder möchte es.

„Tja", ächzt es hinter dem Kamin hervor. „Ich bin ein alter Schussel. Das ist wohl wahr." Mit einem Blatt Papier und hochrotem Kopf tapst er nun auf Achim zu. „Und Veras kostbares Notenblatt ist jetzt lila eingefärbt. Da ist der Punsch auch drübergelaufen. Sieh dir das an …"

Achim nimmt das Blatt, sieht es sich kurz an, seufzt genervt und schüttelt den Kopf. Dann geht er, mit dem Papier, ein Stück die Fensterfront entlang. Da erst bemerke ich den großen Erker, der sich am Ende des Wohnzimmers um die Ecke anschließt.

Was für ein wunderbarer Raum. Wenn man das erste Mal hereinkommt in dieses Zimmer und die Räumlichkeit nicht kennt, bemerkt man den Erker nicht.

Ich mache einen Schritt zur Seite, kann aber noch immer nicht erkennen, wo das Wohnzimmer hinter dem Erker eigentlich endet.

Achim hat an einem großen vieleckigen Holztisch Platz genommen. So vieleckig wie der Erker, in den der Tisch ganz offensichtlich maßangefertigt hineingezimmert wurde.

Ich denke an drei Geschenkboxen in meinem Zimmer. Sie haben die Form einer Blume. In drei verschiedenen Größen, die sich ineinander stapeln lassen.

Der Erker ist die große Schachtel. Der Tisch die mittlere. Es wäre noch Platz für eine ganz kleine Schachtel.

Ich spüre etwas Warmes auf meiner Schulter. Etwas vertraut Warmes. Es fließt warm durch meinen Arm, bis in die Fingerspitzen. „Komm, Manuel. Setz dich zu uns. Magst du auf die Bank? Da ist es schön gemütlich. Kann nur sein, dass du dort später noch Besuch von Agnes bekommst."

Wir gehen zum Tisch im Erker. Frau Holl stellt eine Tasse mit dampfendem Punsch darauf ab. Die Tasse hat einen goldenen Henkel. Und endlich darf mein Blick in die bisher verborgene Richtung schweifen. An den Erker schließt sich ein balkonähnlicher langgezogener und schmaler Raum an. Eigentlich kein Raum. Mehr eine Art Loggia. Auf der ganzen Länge mit Sprossenfenstern zur Gartenseite hin. Jedes Fenster mit einer andersfarbigen Jalousie versehen. Lila, blau, grün, gelb, orange, pink.

Regenbogenfarben.

„Von Agnes?" Während ich die Sitzbank mit dem grünen Samtbezug entlangrutsche, sehe ich Frau Holl fragend an.

„Agnes ist meine Katze. Und auf der Lehne der Eckbank liegt sie besonders gern."

„Da hat sie den kompletten Garten im Blick. Und kann sich überlegen, welchen Vogel sie als nächstes killt. Die erbarmungslose Jägerin. Hier ist quasi ihr Hochsitz. Von hier geht's dann auf Samtpfoten zur Katzenklappe. Danach zieht sich eine Blutspur durch den Garten."

Mit hochgezogenen Augenbrauen sieht Achim zu Frau Holl hinüber. „Was?! Ja! Dein Schmusebaby ist nicht nur schmusig, meine Liebe …"

„Meinst du, ich weiß das nicht?!" Nun klingt Frau Holls Stimme traurig. Fast klagend. e-Moll. „Jedes Tier, das draußen umherstreift, ist mal Täter. Und dann wieder Opfer."

Mal Täter … Mal Opfer … Diese Worte …

Und warum e-Moll? Wie komme ich darauf?

Es war auf einmal in meinem Kopf.

Ich denke daran, dass ich Frau Holls Katze heute in unserem Garten gesehen habe. Und ich dachte mir:

Weder Täter noch Opfer ist das glückliche Tier in dem Moment.

Nur kostbar wenige Momente sind es, die uns diesen Zustand schenken. Kostbar hauchdünne Momente.

Wenn der Magen knurrt, zählt nur noch, diesen zu beruhigen. Doch schlimmer noch als das Knurren des eigenen Magens sind die knurrenden Mägen der Jungtiere. Wenn das Kind hungert, wird die Waffe gezückt.

Das könnte ein Satz von Vater sein.

Um meinen Hunger geht es dabei nicht.

„Wann dieses Tier mal Opfer sein soll, ist mir allerdings ein Rätsel. Die bekommt doch alles von dir, was sie will. Die leidet keine Sekunde." Achim hört nicht auf.

„Vielleicht hat sie schon genug gelitten. Und darf es dafür jetzt umso schöner haben." e-Moll. Wieder die traurig-klagende Tonart.

Seltsam. Über den Klangcharakter von Tonarten haben wir einmal im Musikunterricht gesprochen. Ich habe es nicht so richtig verstanden. Doch nun schwingen traurige Töne durch den Raum. Hörbar. Fühlbar.

„Genug gelitten? Der dicke fette Garfield?" Achim schüttelt den Kopf. „Du bist sowas von vernarrt in dieses Tier."

„Bist du jetzt eifersüchtig auf die Katze, oder was?". Einspruch aus der Kachelofenecke. Stichelnd. D-Dur.

„Dich hat keiner gefragt, Heiner!" Die Reibeisenstimme wird laut. „Sieh lieber zu, dass du das Intro so änderst, wie wir's besprochen haben, Mann."

„Hey, nicht in dem Ton, Achim. Wenn du schlechte Laune hast, dann geh draußen eine rauchen." Frau Holl schlägt eine neue Tonart an. F-Dur. Kraftvoll.

Sie sieht mich an. Sie lächelt. Dann berührt sie meinen Unterarm. Ich atme tief ein. „Möchtest du etwas essen, Manuel? Ich habe frische Käseplätzchen. Und auch süße Plätzchen. Möchtest du?"

Ich nicke. Und merke gleichzeitig, dass ich den ganzen Tag noch nichts gegessen habe.

„Ich hab auch noch Gemüsesuppe. Ich bringe dir einen Teller." Frau Holl steht vom Tisch auf. Durch die Bewegung berührt ein Duft meine Nase.

Ich erkenne ihn wieder. Als meine Mutter heute vom Einkaufen kam – da roch es genau nach dieser frischen Luft. Dieser Frische, bei der noch so viel anderes mitschwingt.

Melodien, die Schätze der Natur, Freude, Genuss. Aber auch Stille, Nachdenklichkeit, Trauer und Schmerz.

Oh, nochmal Besuch? sagte Heiner bei meiner Ankunft im Wohnzimmer.

Frau Holls Duft in unserem Haus. Die einsame Fußspur vor unserer und vor Frau Holls Haustür – meine Mutter muss hier gewesen sein.

Achim legt seine Zeitung genervt auf den Tisch. Dann steht er ebenfalls auf und verlässt als hektisch staksender Storch das Zimmer.

Aus der zusammengefalteten Zeitung ist Heiners Notenblatt herausgerutscht. Das mit Holunderpunsch getränkte. Die schwarze Tinte der Noten ist verwischt.

Dennoch kann man erkennen, wie sorgsam sie gezeichnet sind. Sehr genau. Aber auch mit Schwung. Wie eine Handschrift.

Eine große Handschrift. Elegant und selbstbewusst.

Ganz anders als die Handschrift meiner Mutter.

Frau Holl kommt mit einem Tablett. Sie stellt es auf dem Tisch ab. In einer hübschen Schale mit Blumenmuster und Goldrand dampft die Suppe. Und auf zwei Tellern sind Plätzchen verteilt. „Lass es dir schmecken, mein Junge."

Sie blickt auf die Zeitung. Zieht sie zu sich heran und nimmt das Notenblatt heraus. „Oh, ich sehe schon: Mein Holunder hinterlässt allerhand Spuren … Ich lege das Blatt mal auf die Heizung. Da trocknet es schnell. Aber es wird natürlich hinterher etwas gewellt sein." Frau Holl nimmt das Papier, geht zur großen Fensterfront an der Rückseite des Wohnzimmers und legt es auf die Heizung. „Und auch violett."

Sie legt das Notenblatt auf die Heizung.

So wie ich heute das Geschenkpapier.

Meine Leiern und Tempel zu Hause müssten inzwischen auch wieder trocken sein. Aber gewellt.

Ob Vater das Foto seiner schönen Geliebten auch getrocknet hat? Wodurch war es nass geworden?

Frau Holl hat vorhin gesagt, auf der Bank sei es schön gemütlich. Aber … es ist hier ÜBERALL gemütlich! Ich möchte in diesem Zimmer am liebsten überall gleichzeitig sitzen! Am Kachelofen (allerdings allein, ohne Heiner), am Fenster, in dem großen Sessel dort neben der Stehlampe, auf dem roten Sofa in der Ecke. Oder mich einfach auf den riesigen weißen Teppich in der Mitte des Raumes legen. Mich dort ausstrecken, hineinkuscheln, mich dort wälzen wie ein Pferd auf der Weide.

Angespült an einem weißen Sandstrand, gelandet am rettenden Ufer. Nach langer, gefährlicher Überfahrt. Gelenkt durch ein vertrauensvolles Licht. Das keine falsche Nonne verlöscht hat. Wie im Lied von den Königskindern.

Eine Überfahrt in einem kleinen Segelboot. Endlich ankommen. Wo es warm ist. Und wo das gewaltige Rauschen der peitschenden Wellen auf dem Ozean verhallt. Wo der Leuchtturmwärter mich schon erwartet. Mit einer Tasse warmem Tee.

Der Leuchtturmwärter … Eine Tasse dampfend heißer Tee …

Es dampft. Es ist neblig. Ich sehe alles wie durch einen hauchdünnen Schleier.

Ein leichter Wind weht über mir. Er kühlt und erfrischt mich. Auf sehr angenehme Art.

Ich liege. Sehe nach oben. Nehme das Licht über mir wahr. Wie es durch unzählige Eiskristalle hindurchscheint.

Diese Riesenherde von Eiskristallen … Was sie alles weiß … Was sie sich untereinander erzählt … Jeder Kristall hat seine eigene Geschichte … Ich erfahre, wie alles begann. Sich entwickelte. Und schließlich endete.

Scheinbar endete.

Wir liegen hier. Durften herabfallen. Jeder von uns an seinen Ort. Wir kannten das Ziel. Vom unsichtbaren Platzanweiser.

Von der unsichtbaren Platzanweiserin. Ein paar von uns tragen ihre Farbe. Sind lila. Ich weiß es von einer anderen Flocke. Von einem anderen Kristall.

Dieser lag einst unter einem Holunderstrauch. Einem, der auch im Winter seine Beeren noch nicht verloren hatte. Einem, auf dem ein Vogel von den Beeren naschte. Und dabei ein paar Tropfen des dunklen Safts in den Schnee fielen.

Wie im Märchen von *Schneewittchen*: Die Königin stach sich beim Nähen mit der Nadel in den Finger. Drei Blutstropfen fielen in den Schnee.

Ich denke an den von Heiner verschütteten Holunderpunsch. Auf Papier verteilt, von einem Lappen aufgesaugt, auf den Edelstahl des Spülbeckens getropft.

Und dort belassen. Die dunklen Tropfen der dunklen Frucht. Herb schmecken die Früchte. Bitter. Manchmal auch säuerlich. Oder gar süß. Sie entfalten ein ganzes Bündel von Geschmäckern.

Ich denke an die vielfältigen Töne in Frau Holls Stimme.

Ein ganzes Bündel von Tönen und Klängen. Ein bunter Strauß aus Tönen sozusagen. Sorgsam arrangiert.

Der Holunder. Das ist ihre Frucht.

Die Frucht des Herbstes.

Die Holundertropfen laufen über den blanken Edelstahl.

Wird es ein Märchen geben, in dem drei Blutstropfen auf Edelstahl fallen?

Wird es eine Geschichte geben, in der blanker Stahl unschuldiges Blut vergießt?

Die Holundertropfen sind nun festgeklebt. In Frau Holls Spülbecken.

Sie werden dort noch lange bleiben.

Heiner ist nicht der Typ, der die Küche auf Hochglanz bringt.

Er will ein bisschen naschen. Und es ansonsten gemütlich haben. Der tapsige Bär.

Anstrengungen sind nicht sein Ding.

Achim hat Ansprüche. Er betritt die Küche erst gar nicht. Mit strenger Miene beäugt er Veras Kompositionen. Die aus der Küche und die aus ihrer musikalischen Ader, die Vera ganz offensichtlich zu besitzen scheint. Als Kritiker hat Achim sich auf eine höhere Ebene begeben. Und schielt doch neidisch auf die Früchte der Kreativen.

Naschen? Unter seiner Würde.

Er sucht wirkliche Nahrung. Und hat bisher nichts erbeutet. Er bleibt hungrig.

Und Vera? Wird sie selbst ihren Holunder fortspülen?

Sie überlässt Früchte und Saft dem Kreislauf der Natur.

Ganz so, wie sie sich selbst diesem Kreislauf vollkommen überlässt. Den Jahreszeiten. Der wechselnden Zeit.

Irgendwann ist jeder das letzte Mal an einem bestimmten Ort gewesen. In einem Dorf, in einer Küche, auf einem Hügel aus Schnee.

Vera Holl und der Schnee.
Der Schnee verbindet mich mit ihr.
So wie ich im Herbst die Kastanien fühle, ihre Geschichte, ihren Kreislauf, dem sie entstammen, verbinde ich mich nun mit dem Geheimnis der weißen Flocken.

Der Detektiv wird die Spuren des Holunders finden. Die Geschichte hören, die er erzählt.

Die Geschichte einer langen, einsamen und doch unglaublich erfüllten Reise durch die wechselnde Zeit.

Ob es Wassertropfen sind, die auf die feine Schicht des Holundersafts fallen oder ob es Tränen sind – alle Tropfen werden sich verbinden, werden sich finden. Und einfach Wasser sein.

Der Ursprung allen Lebens.

Die Reise wird schließlich in den Ozean münden.

Sagt der Detektiv.

Um dort dem Klang der weisen inneren Stimme zu lauschen. Die lauter ist als das Tosen der Welt.

Diese Stimme besingt nicht das, was wir verlieren. Sie lässt uns Fülle und eine schützende Höhle in uns selbst finden, zu einem wundersamen Klanginstrument werden. Für ein ganzes Bündel von Tönen.

Dieser klingende Schutzraum wird uns niemals verlassen. Wir können getrost erwarten, was kommen mag.

Anders die aufpolierten Möbel in Vaters Arbeitszimmer.

Anders der grelle, anmaßende Glanz eines Turmes in der Mitte eines Dorfes. Der dem Reh, einem Königskind, zum Verhängnis wurde. Eine falsche Nonne hat es auf dem Gewissen. Und mit ihr eine Unzahl falscher Menschen. Die sich hinter die hinterhältige Mörderin in Verkleidung einer Ordensfrau scharten. In einem kleinen unscheinbaren Dorf.

Das Reh, das vom anderen Königskind so sehr geliebte, hatte keine Chance.

Diese polierten Möbel, der Turm in grellem Glanz – sie spiegeln den menschlichen Hochmut wider.

Sie besingen lautstark das, was der Mensch begehrt. Besitz. Überlegenheit. Macht.

Und eines ebenfalls: Unterhaltung. Ablenkung. Die Ablenkung von sich selbst und den eigenen Widersprüchen und ungelebten Sehnsüchten.

Im Lärm der Unterhaltung überhören sie den leisen Gesang der weisen inneren Stimme. Die unermüdlich und feierlich aus jedem Menschen erklingt.

Es wird poliert und inszeniert. Keine Spur der Schwäche darf er finden, dieser Aufrührer. Dieser Detektiv. Der überall herumschleicht.

Jemand, der messbare irdische Erfolge geringschätzt und auch noch über deren Vergänglichkeit philosophiert.

Weg mit ihm. Und allen, die seinen klaren und entwaffnenden Blick in ihren Augen widerspiegeln. Nur weg mit ihnen!

Sie werden vernichtet. Auf grausame Art und Weise.
Doch verschwinden werden sie nicht.
Ein Strand aus Schnee ist Veras weißer Teppich. Und ich bin darin eingewebt. Bin inmitten der weißen Flockenherde.
Ich bin ein Eiskristall.
Sehe die Füße der Geschöpfe, wie sie sich auf mir bewegen. Dort ihre Spur hinterlassen.
Füße. Pfoten. Tatzen. Storchenbeine.
Die Klauen eines Rehs.
An einigen Stellen im Schnee scheint das Licht hell nach unten. Das sind die Stellen mit einer tiefen Fußspur. Über mir. In mir. In mir und unendlich vielen anderen. In meine und deren Geschichten.
Geschichten des Werdens und Vergehens. Geschichten der wechselnden Zeit.
An diesen Stellen im Schnee kommt mir und den Meinen die Wintersonne ganz nah. Wir werden berührt und fühlen uns aufs Neue verbunden. Auch wenn wir immer in Verbindung sind, mit allem und jederzeit – dort wo eine Fußspur ganz nah zu uns vordringt und damit Licht hereinlässt, dort wird der Kreislauf offensichtlich.
Nicht nur für uns Schneeflocken.
Auch für ein empfindsames Auge.
Für einen Blick, der sich berühren lässt.

„Ist sehr heiß. Lass es noch ein wenig abkühlen."
Die dampfende Suppe steht vor mir.
Ich mag den Dampf. Den warmen Nebel. Das schwebende Wasser in der Luft.
Die fein ineinander verwobenen feuchten Fäden.
Das gehauchte Bündel von unzähligen Tropfen.
Das Rauschen des Ozeans, das in jedem einzelnen von ihnen erklingt.

11 Von e-Moll zu E-Dur

Golden scheint die Sonne. Es summt. Bienen schwirren durch das Gras, krabbeln auf bunten Blumen.
Aus den Bienen werden schwarze Punkte.
Große schwarze Punkte. Bögen. Geschwungene Linien. Striche.
Ein Ordner mit Notenblättern liegt aufgeschlagen auf dem Tisch. Gleich neben den beiden blumen-

verzierten Plätzchentellern, der Tasse mit dem goldenen Henkel und der bunt bemalten Suppenschale direkt vor meiner Nase.

Der Dampf von Suppe und Punsch hat sich verzogen.

Wie lange bin ich so gesessen?

Ich höre ein regelmäßiges Klackern. Und ich höre leise Musik. Die Musik kommt aus der Richtung des Kachelofens.

Frau Holl sitzt mit mir am Tisch. Sie strickt.

Zwischen Geschirr und Notensammlung sind nun drei Kerzen verteilt. Es schneit. An einem grauen, verhangenen Dezembertag. Die Flammen der Kerzen spiegeln sich in den Fenstern des Erkers.

„Ach, Liebster, kannst du nicht schwimmen,
so schwimm doch herüber zu mir,
drei Kerzen will ich dir anzünden,
und die sollen leuchten dir."

Ob Frau Holl eine Königstochter ist – die ihrem Liebsten ein sehnendes Licht sendet?

Ob sie eine Königin ist? Gleich wird sie sich mit der Nadel in den Finger stechen. Ihr Blut wird in den Schnee tropfen.

Ich möchte Vera zu ihr sagen. Im Stillen spreche ich ihren Namen aus.

Ganz vertieft ist sie in ihr Stricken. Mit bunter Wolle. Es wird ein Socken.

Ich spüre, dass sie das Berühren der Wolle genießt. Es ist weich, was aus ihren Fingern fließt.

Der Fuß darf sich freuen, der den Socken irgendwann tragen darf.

Wird es ein verspätetes Weihnachtsgeschenk sein, was sie da strickt?

Auf jeden Fall wird es kein Nessos-Socken werden.

In langgezogenen Wellen umspielt grau glänzendes Haar ihr Gesicht. Ihre sonnengebräunte Haut, die hohen Wangenknochen, die kleine Nase. Mit offenem Haar habe ich sie bisher nicht gesehen. Ich hätte nicht gedacht, dass es so lang ist.

Es fließt weich über ihre Schultern. Die Kerzen auf dem Tisch wie auch die Spiegelbilder auf den Fenstern lassen es silbern leuchten. In sanft geschwungenen Bögen fällt die schimmernde Fülle herab.

Betörend dieses Haar im Abendlicht schimmern lassen, einen goldenen Kamm über die Gaben verführerischer Weiblichkeit gleiten lassen – eine solche Frau hat wahrhaftig viele Namen. Rapunzel. Loreley.

Wahrhaftig.

Vera.

In den silbernen Haarbögen eingerahmt – die Lippen. Wie gleichmäßig geformt sie sind. In schwungvollen Linien. Präzisen Linien. Perfekt symmetrisch. Prall gefüllt.

Ein pulsierendes rotes Herz.

Der Rhythmus des schlagenden Herzens setzt sich im Spiel ihrer Hände fort. Dem Spiel mit den Stricknadeln. Regelmäßiges Klackern ertönt aus Veras Fingern. Zuverlässig kommt gleich wieder das nächste Klack. … Jetzt. Und … jetzt. Jetzt.

Der Kachelofen schickt nun Gitarrenakkorde in den Raum. Keine durchgängige Melodie. Vielmehr scheint jemand zu üben. Zu probieren. Hineinzulauschen. Der Musiker sitzt hinter dem Kachelofen.

Nun fange ich an, meine Suppe zu löffeln. Sie ist noch immer sehr warm.
Wonach sie schmeckt? Ich kann es nicht genau sagen.
Gemüse. Kräuter. Kein Fleisch.
Die Suppe – sie schmeckt nach ... allem. Nach Ernte. Einer reichen Ernte.
Vera strickt und strickt. Sieht nicht auf von ihrer weichen, bunten Wollkonstruktion.
Nun nehme ich einen Schluck Punsch. Ich schmecke das Geschmacksbündel des Holunders. Bitter und süß zugleich. Der Punsch ist sehr heiß. Meine Lippen haben sich erschrocken.
Der Teller mit den Käseplätzchen – er leert sich schnell. So gut schmeckt mir das würzige Gebäck. Gleich sind nur noch drei Stück darauf. Sie sind ebenfalls warm. Frisch gebacken. Mürbe. Leicht.
Das Schmecken und das Schlucken sind ein Vergnügen.
Doch nicht ganz. Denn, meine Lippen – ich habe sie mir ein wenig verbrannt. Sie tun weh.
Und plötzlich, wie kann das sein, schmecke ich Fleisch auf meiner Zunge. Meine Augen brennen. Ich sehe Flammen. Ich höre das Knacken von Holz.

Aber nein. Alles in Ordnung. Das kam aus dem Kachelofen. Das Gitarrenspiel war kurz unterbrochen. Heiner hat wohl Holz nachgelegt.

Nun blicke ich auf das Notenblatt im aufgeschlagenen Ordner. Betrachte den eleganten Schwung der Linien. Lasse die Punkte auf mich wirken. Sie sind nicht dick, nicht rund. Mehr oval. Langgezogen. Bestehend aus einem Bündel gezielt übereinander gesetzter Linien.
Mit leichter, zugleich entschlossener Hand konstruiert. Wie auf einer Architektenskizze. Zügig. Mit Konzentration auf das Wesentliche. Wissend um die Einzigartigkeit des Entwurfs. Empfunden in einem kostbaren Moment. Kurz aufscheinend. Unwiederbringlich.
Und exakt in einer besonderen Sekunde, in einem geschenkten Augenblick, nach Papier schreiend.
Eine ganze Schar von Tönen und Melodien war wohl im Inneren der Komponistin erklungen. Ungeduldig wartend. Hintereinander drängend. Um endlich Gestalt zu erlangen. Fließen zu dürfen.
Auf den Punkt genau herausgeflossen. Intuitiv. Instinktiv.
Hier war eine Dichterin für Töne am Werk. Sie hat Gefühltes zu Papier gebracht.
Ich denke an den Zettel meiner Mutter am Morgen des 24. Dezember. Und was ich beim Gedanken an das Schreiben auf ein ursprünglich unberührtes weißes Papier empfand: *Welches Wort möchte zu dir? Fühlst du das Wort?*

Fühlst du den Ton, den ersten? Den Rhythmus, die Erlaubnis für die Nachfolge weiterer Töne? Die Melodie zu tragen, die sich weiter entspinnt.

Hinter dem Kachelofen zupft Heiner an einer Gitarre. Achim scheint in irgendeiner Ecke zu schmollen. Vera ist noch immer vertieft in ihr Stricken. Locker und gleichzeitig konzentriert hält sie die Nadeln in ihren Händen. Dirigiert jede einzelne Masche. Ihr Einsatz kommt zuverlässig und punktgenau. Zum richtigen Zeitpunkt. Am richtigen Ort.

Ich denke an einen Puppenspieler. Er bewegt. Er erfühlt. Mit seiner ganz speziellen Fingerkonstruktion.

Setzt etwas in den freien Raum. Erschafft Lebendigkeit.

Die schwarzen Linien und Bögen der Noten – sie dürfen sich ausbreiten auf dem Blatt. Nehmen sich Raum. Sie gehen großzügig um mit dem Platz. Genießen ihn.

Diese Schrift – sie ist frei.

So ganz anders als die Handschrift meiner Mutter.

Die eng ist. Beengt. Eingezwängt. Dennoch kein Wehklagen. Kein Schrei nach Freiheit.

Fühlt ein Komponist sich ein in eine solche Enge, wie unendlich klagend wird eine Heerschar von Tönen ungeduldig auf das Herausfließen warten. Klagend und flehend wird dann die Tonart sein.

e-Moll.

Der e-Moll-Akkord. Darum ging es einmal im Musikunterricht. Ich hab es nicht so richtig verstanden. Ich spiele kein Instrument. Aber ich habe mir gemerkt, dass der Charakter dieser Tonart klagend und flehend ist.

Ich spüre etwas Warmes neben mir. Und blicke auf die Sitzbank.

„Na, jetzt kommt sie dich besuchen." Vera sieht von ihrem Strickzeug auf. „Agnes."

Ja, da ist sie. Die Schönheit in Weiß.

Heute Morgen gab sie ein Gastspiel in unserem Garten. Ist durch den weichen Schnee hindurchgepflügt. Wie durch geschlagene Sahne. Ist eingetaucht in die fluffige Masse.

Ich erinnere mich, dass ich dabei kaum unterscheiden konnte: Was ist Schnee? Was ist Katze?

Nun schnurrt sie neben mir auf der grünen Sitzbank.

Noch nie hab ich sie so nah gesehen.

Ich denke an den Besuch von Tante Anne und Onkel Jens am Weihnachtsfeiertag. Als Anne erzählte, sie hätten zwei kleine Kätzchen.

Mutter sagte einmal, Onkel Jens habe Tante Anne einmal für einige Zeit verlassen. Weil Anne sich Kinder wünschte – und Jens keine wollte.

Mit zwei kleinen Kätzchen wäre Mutter vielleicht auch glücklicher geworden als mit zwei Kindern.

Wie seidig das lange weiße Haar von Agnes glänzt. Ein kuschlig-eleganter Pelzmantel umgibt die feine Dame. Als käme sie gerade von einem Opernbesuch zurück.

„Na, Agnes. Warst du aus? In deinem schicken Pelzmantel."

„Genau das hab ich eben auch gedacht", platzt es aus mir heraus.

Ich blicke zu Vera. „Darf ich sie streicheln?"

„Ja natürlich."

„So eine schöne Katze hab ich noch nie gesehen." Was für ein Moment, ihr Fell zu berühren. Ich kann nicht sagen, was ich fühle. Es ist wie Luft. Weiche Luft. Es ist wie geschlagene Sahne. Warme, schaumige Sahne. „So etwas Weiches hab ich noch nie gefühlt."

Ich denke an meine Kastanien. Das Weiche und Geschmeidige, das sich bei jeder Berührung auf meine Fingerspitzen und Handflächen verteilt. Wie Kastaniensalbe.

Das hier fühlt sich anders an. Wie ... Schneesalbe.

„Sie ist ein ganz besonderes Tier. Eine türkische Angorakatze. Meine weiße Prinzessin. Mein kleiner Majestix."

Ja, wirklich. Eine Majestät. Eine weiße Prinzessin. Nun hat sie sich wieder aus ihrem Sitz erhoben. Mit ihren schlanken Beinen. Den Rücken etwas aufgewölbt. Man spürt, dass sie in einem Satz in hohem Bogen wegspringen könnte. Dass sie Energie hat. Gleichzeitig wirkt sie damenhaft zurückhaltend.

„Wo schläft Agnes denn?" Ich weiß auch nicht, warum ich in dem Moment ausgerechnet diese Frage stellte. Ich wollte einfach irgendetwas wissen. Über Agnes.

„Willst du's sehen?" Vera legt das Strickzeug auf den Tisch. „Komm."

Sie steht auf. Ich gehe hinter ihr her. Und wieder erkenne ich den Duft von heute Morgen. Als Mutter vom Einkaufen zurückkam. Als es in unserem Haus plötzlich nach Waldspaziergang roch.

Ja. Mutter muss hier gewesen sein.

Veras langer Wollpullover schwebt vor mir her. Das weiche violette Tuch. Das bei jeder Bewegung der darunterliegenden Hüften ihren Körper erahnen lässt.

Ich denke an Herakles. Seine Frau ließ ihm das giftige Hemd überbringen. Sie hatte keine Ahnung vom Fluch des Nessos, der Herakles beim Anlegen des Gewands traf.

Herakles wollte lieber auf dem Scheiterhaufen sterben als weiterhin solche Qualen zu erleiden. Mit seinem Tod wurde er in den Olymp entrückt.

Was für eine Geschichte.

Ich folge Veras Hüften. Dem Duft von Tannennadeln, von Moos und frisch gepflückten Waldpilzen. Dem Duft von Herbst. Wenn der Wald *dampft*. An den Spruch von Onkel Jens kann ich mich gut erinnern. Er geht oft zum Pilzesammeln in den Wald.

Vera bewegt sich wie Agnes. Genauso anmutig. Und genau wie Agnes traue ich ihr einen sportlichen Sprung zu. Man spürt ihre Vitalität. Ihre Kraft und Entschlossenheit.

Auch wenn sie im nächsten Moment wieder – damenhaft strickend – still und leise auf ihrem Stuhl verharrt. Doch immer wachsam. Bereit.

Zum Sprung. Wenn es sein soll.

So ruhig und leise, wie Vera einerseits in ihr Stricken versunken ist – so laut und lebhaft kann ich sie mir in anderen Situationen vorstellen. Wie beispielsweise beim Schlittenfahren. Da hat sie gejuchzt und gejubelt.

Heiner und Achim dürfen sie juchzen und jubeln hören. Berühren und nackt sehen dürfen sie sie nicht. Bestimmt nicht.

Ob Vera einen Freund hat? Einen, der unter ihre handgestrickte weiche Wäsche fassen darf? Einer, der sie laut und lebhaft werden lässt? Der ihre Energie entzündet?

Vater sagte einmal: *Schon wieder ein neuer Kerl bei der Holl. Dieses Weibsbild hält doch keiner lange aus.*

Ich denke an das Feuer auf ihrer Terrasse. Vor ein paar Tagen. Als wir zum Weihnachtsmarkt gingen. Es war der 21. Dezember.

Warum hat sie geweint?

Inzwischen bin ich Veras Hüften und dem Duft des Waldes hinunter in ihren Keller gefolgt. In einen Keller, der eigentlich keiner ist.

Das Haus geht hier einfach weiter. Obwohl nirgendwo eine Lampe brennt, ist es hell hier unten. Und nun sehe ich auch, warum das so ist.

Auf der einen Seite der Kelleretage fällt ebenerdig Licht herein. Ebenerdig und von oben. Denn anstelle einer üblichen dunklen Kellerwand zieht sich dort eine Fensterfront entlang.

Die gleichen Sprossenfenster wie oben. Bei dem langgezogenen Balkon. Der Loggia.

Und die Fenster hier unten, sie reichen bis zum Boden.

Außen schließt sich eine Holzterrasse an.

Der Garten auf dieser Seite wurde ganz offensichtlich ausgebaggert. Erst in einigen Metern Entfernung zieht sich allmählich ein kleiner Hügel wieder hinauf in Richtung Rasenfläche.

Damit ist der Keller befreit. Von seinem Kellerdasein. Ist verbunden mit Licht und Grün.

Sie hat sich das ausgedacht. Vera. Die Architektin.

Ich denke an das Notenblatt. Wie eine Architektenskizze kam es mir vor.

Sie macht Musik. Sie zeichnet. Entwirft. Strickt. Backt Plätzchen. Kocht Holunderpunsch.

Sie komponiert sich ihr Leben.

Ihr Haus baut sie aus Licht und bunten Farben.

Die Regenbogenjalousien in der Loggia. Die bunten Socken.

Was ist das für eine Frau?

Warum bin ich erst 11 Jahre alt? Ich wünschte, ich wäre so alt wie sie. Oder nur wenige Jahre jünger.

„Und hier wohnt Agnes." Wieder erklingt in ihrer Stimme ein bunter Strauß aus Tönen.

Doch wo … Woher kommt die Stimme? Ich sehe Vera nicht. „Wo bist du?"

Da spüre ich wieder ihre warme Hand auf meiner Schulter. Wie ich sie beim Schneeräumen gespürt habe. Und vorhin im Wohnzimmer.

Die Hand schiebt mich in den hellen Raum unterhalb der Loggia. Dann drehen mich ihre beiden Hände ein wenig nach rechts.

Ich sehe eine riesige weiße Couch. Darauf eine zerknüllte grüne Decke. Und ein Weidenkörbchen.

Daneben steht ... ein Baum. Ein echter Baum. Allerdings ohne Blätter. Er wächst in der Erde. Der Raum hat keinen Boden. Das heißt, der Boden, er ist Erde. Er ist Garten. Wiese.

Das Ganze ist ... eine Art von Wintergarten. Auch einige Blumentöpfe sind hier versammelt. Ähnlich wie in ihrem Vorgarten.

Am einen Ende der riesigen Couch stehen eine Wasserschale und ein Fressnapf.

Nun betrachte ich den Baum. Den Stamm, die Äste. Er streckt sich hinauf zur Loggia.

„Und von der Loggia aus kann Agnes durch die Katzenklappe in den Garten", beantwortet Vera meine nicht gestellte Frage. Sie streichelt mir über den Kopf.

Ich blicke in ihre grünen Augen. „Darf ich Vera zu dir sagen?"

Sie nickt. Ihre Augen sagen: *Ich habe viele Namen. Wahrhaftig.*

Dann schiebt sie mich zurück in Richtung Treppe und in die andere Richtung des Kellers, der wohlgemerkt keiner ist. „Und hier sind unsere Instrumente."

Sie öffnet eine Tür.

Wieder ein heller Raum.
Ein Schlagzeug.
Wie es glänzt. Ein warmer Glanz. Ein echter. Kein aufpolierter. Kein greller.

Die bronzefarbenen Becken des Schlagzeugs leuchten mir auf ehrliche Art entgegen.

Wie der Glanz diesen riesigen hellen Raum ausfüllt. Diesen Thronsaal.

Der Raum ist ein einziger Klang.

Und auch jetzt, in diesem scheinbar stillen Moment, ist es nicht still.

Etwas klingt nach. Schwingt durchs Haus.

Es ist ein erhabener Ton, ein erhebender. Ein göttlicher Ton.

E-Dur.

Ich spüre den Ton. Die Töne. Das Bündel aus Tönen. Sie erfüllen meinen ganzen Körper.

Lassen ihn leicht werden. Schwingen.

Es kribbelt auf meiner Haut. Mein Oberkörper wird weit. Tief fließt der Atem in mich herab.

Alles Schwere ist meinem Körper genommen.

Ich bin durchströmt von Wärme und Leichtigkeit. Fühle mich frei und voller Energie.

Ich erklinge.

Jetzt kann ich alles getrost ertragen. Getrost erwarten.

„Komm, Manuel. Wir gehen wieder nach oben."

Oben. Unten. Für mich gibt es in diesem Haus kein Oben oder Unten.

Vera geht zur Treppe. Ich bleibe noch stehen. Im klingenden Thronsaal.

Ich denke an den Abend des 21. Dezember. Den Abend, als ich Vera weinen sah. Den Abend, als die

Federn in der geheimnisvollen Weihnachtshütte tanzten. Den Abend, als ich über den Klang der Kirchenglocken nachdachte.

Da entdecke ich noch ein weiteres Instrument in dem Raum. Eine schwarze Gitarre.

Hier sind unsere Instrumente, hat Vera eben gesagt.

Ihres ist die schwarze Gitarre. Ganz bestimmt.

Nun nehme ich ebenfalls die Treppe. Beim Hinaufgehen bleibe ich kurz stehen. Hier ist er wieder. Der Duft von Wald. Von Moos und Pilzen. Ich muss an den Treppenaufgang zu Hause denken. An das Bild von Vater an der Wand. Das große Foto von Vater und seinen Studienkollegen.

Der Moll-Ton. Der traurige. Der aus der Handschrift meiner Mutter herausklingt. Er hat mit diesem Bild zu tun.

Als ich wieder im Wohnzimmer stehe, spüre ich noch immer den Klang in mir, das Schwingen aus dem Musikzimmer. Im Keller. Der kein Keller ist. Unten. Wo kein Unten ist.

Ich habe das Schwingen mitgenommen.

Meine Füße sind tief in Veras flauschigen weißen Teppich eingesunken.

War er vorhin auch schon so tief und flauschig? Ich glaube nicht.

„Manuel? Möchtest du noch eine Waffel? Mit Sahne und heißen Himbeeren?"

Mit Sahne ... Heißen Himbeeren ... Ich wusste, dass das alles hier auf mich wartet. Ich wusste es beim

Anblick des mit Schnee festlich gedeckten Tisches in Veras Vorgarten, der Schneekissen auf den schmiedeeisernen Stühlen. Alles hat sie vorbereitet. Die Suppe, den Punsch. Die Plätzchen. Die Sahne und die heißen Früchte.

Veras Stimme kommt aus der Küche.

Wird sie die Holunderspuren selbst fortspülen?

Da denke ich an die Milchspur im Spülbecken zu Hause. Und spüre, dass ich nun gehen muss.

„Vielen Dank, Vera. Aber ich glaube, ich muss jetzt nach Hause."

Der violette Flauschpulli berührt mein Gesicht.

Mein Kopf lehnt an ihrem Bauch. Ich spüre ihren Atem.

Ihre Hände umfassen meinen Kopf. Wie leicht ich mich fühle. Leicht wie eine Feder.

Ich öffne meinen Mund. Atme tief in meinen Bauch. So viel frische Luft, die mich umgibt. Die zu mir möchte. Ich lasse sie in mich herein.

Mein Brustkorb weitet sich. Was für ein wunderbares Gefühl. Meine Schultern, mein Hals – alles entspannt sich und wird weit. Ich habe das Gefühl, alles von mir zu strecken. Kopf, Hände, Füße.

Viele Hände, viele Füße … Wo kommen all die Hände und Füße nur her … Alle wollen sich strecken, wollen leicht sein.

Ganz klein sind sie, ganz fein. Weiß. Die Zehen, die Finger – lang und weiß. Hauchfeine Sehnen, hauchdünne Knochen. Dünn wie abgenagte Reste nach einem Festessen. Berge von Resten auf unzähligen verschmutzten Tellern.

„Ich hab noch was für dich."

Vera hält mir eine kleine weiße Schachtel hin. Eine kleine Papierschachtel mit vielen Ecken.

Ich nehme sie in meine Hand. Sie hat praktisch kein Gewicht. Fast scheint sie zu schweben.

Ich hebe meinen Kopf. Sehe nach oben in Veras grüne Augen. „Ich wusste, dass es noch eine dritte Schachtel gibt."

„Eine dritte Schachtel?"

„Die erste Schachtel ist der Erker. Die zweite ist der Tisch ... Und das ist jetzt die dritte."

Veras Lippen zucken. Das fein geschwungene rote Herz zuckt. Es hat sich erschrocken.

Die grünen Augen sehen mich nachdenklich an. Vera beißt sich auf die schönen roten Lippen. Traurig sieht sie mich an.

Dann senkt sie ihren Blick. Sie atmet tief ein. Ihr Blick ist starr. Abwesend. Ihr Kopf senkt und hebt sich. Ein wortloses Nicken. Ein stilles Einverstandensein.

Als ich mich, wenige Augenblicke später, in ihrem Vorgarten stehend, noch einmal zu ihr umdrehe, sagt sie: „Der Baum bei Agnes ... der ohne Blätter ... ist ein Kastanienbaum."

12 Die Liebe und der Tod

Es ist merkwürdig. Als ich von Vera zurückkomme, begegne ich niemandem im Haus. Alles still. Alles aufgeräumt. Eigentlich wie immer.

Ich gehe in die Küche. Die Vorhänge sind zugezogen. Das macht Mutter tagsüber nie.

Ob Vater sie zugezogen hat? Vielleicht, um den Schnee nicht zu sehen?

Er mag keinen Schnee.

Ich lasse die Vorhänge, wie sie sind, und mache das Licht an.

Das Spülbecken ist blitzblank geputzt. So blitzend, so glänzend, dass der Widerschein der Lampe auf dem Edelstahl die Augen unangenehm blendet. Ein grelles, künstliches, ein scharfes Licht. Es blitzt auf wie die Stahlkante an Vaters Schneeschaufel.

Auf der Küchenuhr ist es 17.20 Uhr.

Doch für mich hat dieser Tag keine Uhrzeit. Ich lebe in einem einzigen großzügigen Moment. Einem Moment des immerwährenden Fühlens und Staunens.

Das Staunen erfüllt mich. Es erklingt in mir. Wie in einem Instrument.

In meinem Zimmer angekommen, blicke ich durch das Fenster. Draußen schneit es unaufhörlich. Ich schwebe durch diesen Tag. Warm und weich eingepackt.

Ich nehme ich die getrockneten Leiern und Tempel von der Heizung und betrachte das gewellte Papier.

Und ich denke an das gewellte Foto in Vaters Bücherregal. Das Foto mit der hübschen Frau. Die aussieht wie Vera.

Ist das Foto auch eines Tages nass geworden?

Wasser hinterlässt Spuren. Auch wenn viele Jahre vergangen sind. Ist ein Papier einmal damit in Berührung gekommen, wird es nie mehr so sein wie zuvor. Nie mehr glatt. Nie mehr glänzend.

Wenn es die Gesetze der Natur zu spüren bekommt, dann kann das Papier eine Geschichte erzählen.

Ich betrachte die gewellten Leiern und Tempel. Und ich denke an die vielen Sagen und Märchen, die ich schon gelesen habe.

Und ich denke an den *Schimmelreiter*. Das gelbe Büchlein habe ich zwischen meinen Schulheften versteckt. Gelesen habe ich darin noch nicht.

Ich glaube, seine Worte, seine Geschichte werden mich auf einem anderen Weg erreichen.

Es genügt, wenn ich mir das Büchlein immer wieder an mein Herz halte.

Nun merke ich, wie unglaublich müde ich bin. Erfüllt und erschöpft zugleich.

Ich lege mich ins Bett.

Von hier aus habe ich Vera auf ihrem Schlittenhügel erblickt. Ihr ausgelassenes Treiben mit ihren Freunden vernommen.

Was ist seitdem geschehen?

Mir ist, als sei ich auf einem Fest gewesen. Ich habe Leute kennengelernt. Und eine Katze. Habe Speis und Trank genossen. Dem Klang einer Gitarre gelauscht.

Die Instrumente im Keller – wie mag es sein, wenn sie zusammen erklingen? Ich werde es erfahren. Ganz bestimmt.

Ich schließe die Augen.

Ich stelle mir Vera mit der Gitarre vor.

Nur mit der Gitarre. Nur bekleidet von ihrem glänzenden langen Haar. Ihrer sonnengebräunten Haut.

Auf einem Felsen über dem Meer sitzt sie. Die Meerjungfrau. Mit Namen Loreley. Oder Rapunzel.

Ich habe viele Namen.

Kein Pullover macht mehr den Versuch, ihre weiche braune Haut zu verhüllen. Keinen Zentimeter davon.

Ihre großen Brüste quellen regelrecht aus ihrem Körper. Sie wollen heraus. Um sich zu zeigen. In ihrer prall gefüllten Schönheit.

Um berührt zu werden.

Meine geheimnisvolle Nachbarin.

Sie kann lautwerden.

Sie kann still vor sich hinstricken. Holunderpunsch und Suppe kochen.

Aber sie kann auch anders.

Ich sehe ihre schlanken und langen Beine. Ihre Hüften kenne ich schon. Die Gitarre verdeckt das Wesentliche.

Doch ihre Brüste meinen es weiterhin gut. Mit dem Betrachter.

Das ist ihr allerdings nicht genug. Nur betrachtet zu werden.

Sie weiß, wie sehr die Gitarre nun stört.

Ein leises Klacken. Sie hat den Verschluss ihres Gitarrengurts geöffnet. Sie verschiebt ihn langsam zwischen ihren Brüsten.

Nun berührt sie sich selbst.

Wo ist mein Buch über Apollon?

Ich springe aus dem Bett. Dort liegt es. Am Boden vor der Heizung. *Apollon – Gott des Lichtes – Beschützer der Künste*. Halbnackt zeigt sich der Gott mit seiner Kithara auf dem Einband.

Bei ihm bedeckt ein violettes Tuch das Wesentliche.

Ich hebe das Buch auf.

Und noch etwas möchte ich bei mir haben: Die weiße Schachtel. Sie ist in meiner Jackentasche.

Ich setze mich auf mein Bett. Das Buch lege ich auf den Nachttisch. Die kleine weiße Papierschachtel halte ich in der Hand.

Ganz leicht liegt sie in meiner Hand. Fast schwerelos. So schwerelos, wie ich mich heute fühle. An diesem warmen und weichen Wintertag.

Ich nehme den Deckel ab. Und kann nichts erkennen. Es scheint eine leere Schachtel zu sein.

Ich fasse mit zwei Fingern hinein.

Sie ist nicht leer. Ich fühle es. Und nun sehe ich es auch.

Es liegt eine weiße Daunenfeder darin.

Von dem Weiß der Schachtel war sie zunächst nicht zu unterscheiden.

So wie Agnes im Schnee.

Plötzlich fängt mein Herz an zu klopfen. Und meine Füße werden kalt.

Die Daune anzusehen und zu berühren – es wühlt mich auf.

Die wohlige Wärme, die ich eben noch in mir hatte, sie scheint zunehmend zu schwinden.

Das anfänglich angenehme Empfinden beim Anblick und Berühren der Daune ist einer großen Traurigkeit gewichen. Einer großen Verzweiflung.

Ich muss an das Essen mit Anne und Jens denken. Am Weihnachtsfeiertag. An das Gänsefleisch auf meinem Teller. An das Bild in mir von einer wunderschönen großen Gänseweide. Wie sich dort im Herbstwind die Federn der Gänse aufstellen.

Unter den Federn, da wachsen die feinen Daunen. Und ich weiß, wie grausam manchen Tieren bei lebendigem Leib die Daunen gerupft werden. Oft sind es ganze Hautfetzen, die ihnen dabei herausgerissen werden.

Ich halte die Daunenschachtel an mein Herz.

Mein Atem wird ruhiger. Der Wind auf der Daunenweide legt sich. Die Gänse haben sich beruhigt.

Ich stehe am Zaun der Weide.

Ich gebe den Gänsen ein Versprechen.

Dann fällt mir das Gespräch zwischen Jens und meinem Vater ein. Beim Abschied nach dem Weihnachtsessen. Es ging um den *Schimmelreiter*, den ich Vater geschenkt hatte. Und um einen Bernhard. Der von irgendeinem Geheimnis zu wissen scheint.

Nun nehme ich die Daune ganz vorsichtig aus der Schachtel heraus.

Sie tut so, als ob sie leicht und weich sei.

Und sie tut so, als ob sie weiß sei.

Doch sie ist tonnenschwer. So viel Schweres kann doch kein Mensch tragen.

Und sie ist voller Blut. Das Blut tropft auf meine Hände, auf die Schachtel, auf meine Bettwäsche.

Ich denke an Veras erschrockenen Blick. Als es um die dritte Schachtel ging.

Ich war berührt von Veras Blick. So wie ich nun berührt und erfüllt bin vom Leid der blutenden Daune.

Berührt und erfüllt. Aber nicht erschrocken.

Ich denke an das Skelett vor ein paar Tagen. In der Praxis von Dr. Frank.

Ich habe gespürt, dass es dabei sein wollte bei unserem Gespräch.

Doch erschreckt hat es mich nicht.

Ich lege die Daune vorsichtig unter mein Kopfkissen.

Als mein Kopf das Kissen berührt, fängt mein Herz wieder schneller zu schlagen an. Und meine Füße werden eiskalt.

Ja, Vera. Ich werde lauschen, welche Geschichte das Blut mir zu erzählen hat.

Dann kommt die Nacht. Dann kommt der Traum.
Ist es wirklich Nacht? Ist es wirklich ein Traum?
Ich habe kein Zeitempfinden mehr.
Ist noch der 28.? War ich heute bei Vera? Oder gestern?
Bin ich wirklich bei ihr gewesen? Oder habe ich alles einfach gespürt?
Was ist Traum und Gefühl? Was ist *wirklich*?
Dass meine Mutter im Garten verbrannte – warum soll das weniger wirklich sein als … zum Beispiel das verbrannte Fleisch auf dem Weihnachtsmarkt?
Ich denke an Veras Keller. Der keiner ist. An ihren Garten. Der einerseits oben ist. Genauso weit oben wie der Garten unseres Hauses. Und zugleich ist er unten.
Ich denke an den Baum, der unter der Erde wächst. Kastanien. Ausgerechnet Kastanien.

Dann sehe ich mich in einem Weidenkörbchen liegen. Es ist der Schlafplatz von Agnes. Ich bin umgeben von jeder Menge Wollknäueln. In allen Farben.
Es ist weich und kuschelig in dem Wollkörbchen.
Da kitzelt mich etwas im Gesicht. Als ich mich kratzen will, sehe ich silberfarbene Wollfäden über mir schweben. Lange silberne Fäden.
Ich halte mich fest an den Fäden. Und klettere daran empor. Ich schaukle im Wind.

Ich klettere und klettere. Immer wieder greifen meine Hände in ein Bündel silberner Fäden.

Was wird mich am oberen Ende der Fäden erwarten? Oder wer? Ein Puppenspieler?

Unermüdlich ziehe ich mich nach oben, bis ich schließlich am Fenster eines hohen Turmes ankomme.

Da blicke ich in zwei grüne Augen.

Ich überlege, ob es Vera ist.

„Bist du Rapunzel? Oder bist du eine Puppenspielerin?", frage ich die Frau mit dem langen silbernen Haar.

„Ja, nenn mich Rapunzel. Ich habe viele Namen." Die Stimme ist heller als Veras Stimme. „Komm herein. Ich möchte dir etwas zeigen."

Ich klettere durch das Fenster. Und springe auf den Boden.

Bis zu den Waden versinke ich in Stroh.

Ich staune über die Geräumigkeit in diesem Turm.

Nun merke ich, dass ich hier schon einmal war. In diesem hohen Holzturm.

Ich drehe mich um.

Wo ist Rapunzel?

Ich sehe nur einen Hund. Mit silbrig-grauem Fell. Und grünen Augen.

Er kauert am Boden. Auf dem Stroh.

Ich kenne diesen Hund. Von meinem letzten Besuch in diesem Turm.

An Heiligabend.

Als ich auf die Knie gehe, um ihn zu streicheln, bemerke ich: Es ist kein Hund. Sondern ein Wolf.

Ich habe keine Angst, ihn zu streicheln.

Als ich sein graues Fell berühre, verwandelt es sich in ein Meer aus weißen Federn. Es fühlt sich an wie das Fell von Agnes. Seidig und weich.

Nun wird aus dem Stroh der weiße Teppich in Veras Wohnzimmer.

Alle möglichen Tiere staksen und tapsen auf dem weißen Teppich umher. Ein Storch, ein Bär und ein Reh sind auch dabei.

Plötzlich rennen alle Tiere wie wild auseinander. Keines bleibt auf dem Teppich zurück.

Nun stellen sich in der Mitte des Teppichs einige der weißen Wollfäden auf. Als ob ein Wind darüberfegt. Die Wollfäden beginnen nach oben zu wachsen. Doch nicht so wie ein Grashalm wächst. Die Fäden verdicken sich und wachsen in Bögen aus dem Teppich heraus.

Man kann es zunächst nicht genau erkennen: Wo sind die Fäden? Wo sind die Bögen? Und wo ist der Teppich?

Doch nun ragen deutlich große weiße Bögen in die Höhe.

Es sind Knochen.

Es ist ein Skelett.

Ein Pferdeskelett.

Der Wolf nähert sich nun dem Skelett. Sein Kopf ist von grauem Haar bedeckt. Sein Körper mit weißen Federn.

Da hebt der Wolf zu einem schauerlichen Heulen an. Ganz nah steht er bei dem Pferdeskelett.

Nun legt er sich direkt daneben. Alle seine Pfoten greifen in die nach oben stehenden Knochen. Er scheint das Skelett regelrecht zu umarmen.

Noch einmal heult er laut auf. Seine Augen leuchten grün.

Deutlich kann ich erkennen, wie Tränen aus seinen Augen tropfen.

Sie tropfen auf das Skelett.

Da fängt das Skelett an, sich zu verändern. Es sieht zunächst aus, als würde Nebel aufziehen. Er wabert zwischen den Knochen. Dort bildet sich nun eine dünne durchscheinende Haut. Ein hauchfein gewebtes Tuch. Das schließlich immer dichter wird. Nun ist es ein weißes Fell.

Nun ist es ein Schimmel.

Er ist nicht tot.

Er wälzt sich auf dem Teppich. Wieder und wieder.

Nun setzt er seine Vorderbeine auf. Er steht.

Was für ein schönes Tier. Sein Fell glänzt in der Sonne.

Der Schimmel steht auf einer Wiese. Neben ihm ein Storch und ein Bär.

Abseits der Wiese ein Reh.

Von einem großen Baum fallen lange, silbern glänzende Haare herab.

Der Wolf mit den Federn – er ist verschwunden.

Ein Jäger kommt mit großen Schritten näher. Das Gewehr über der Schulter.

Er sieht sich ängstlich um.

Dann geht er auf den Schimmel zu. Er legt seine Hand auf den Kopf des Schimmels. Er möchte das Tier streicheln. Doch seine Hand geht durch den Schimmel hindurch. Das herrliche Tier besteht einzig aus Nebel.

Das Reh wagt sich nun ebenfalls auf die Wiese.

Wie kann es freiwillig zum Jäger gehen?

Doch der Jäger nimmt sein Gewehr ab. Er fällt auf seine Knie. Das Reh steht nun ganz nah bei ihm. Der Jäger legt seine Hand auf den Kopf des Rehs. Er möchte es streicheln. Doch wieder geht die Hand durch das Tier hindurch.

Da fängt der Jäger bitterlich zu weinen an.

Immer mehr Tiere versammeln sich auf der Wiese. Sie grasen, sie springen, sie wälzen sich im Gras.

Der Jäger scheint keine Notiz davon zu nehmen. Er weint und weint. Einsam inmitten der ausgelassenen Schar.

Nun erhebt er sich von seinen Knien. Er blickt auf seine Hände. Sie bluten.

Das Blut tropft ihm von den Händen.

Einige Tiere kommen nun ganz nah an ihn heran. Sie umringen ihn. Nehmen ihn in ihre Mitte.

Sie gruppieren sich um ihn. Sie stellen sich auf. Wie für ein Foto.

Die großen Tiere stellen sich nach hinten. Füchse, Hasen, Wildschweine, Enten – sie stellen sich in den vorderen Reihen auf.

Der Jäger ist umringt von Tieren. Zwei Rehe stehen neben ihm. Zwei hinter ihm.

Ich kenne dieses Foto.

Es hat einen goldenen Rahmen. Und es hängt bei uns zu Hause an der Kellertreppe.

Nun tritt Vater aus dem goldenen Rahmen heraus. Er hält ein kleines Foto in seiner Hand.
Er fällt auf seine Knie. Beugt sich über das Foto. Sein Gesicht ist überströmt von Tränen.
Die Tränen tropfen auf das Foto.
Wasser hinterlässt Spuren. Auch wenn viele Jahre vergangen sind. Ist ein Papier einmal damit in Berührung gekommen, wird es nie mehr so sein wie zuvor. Nie mehr glatt. Nie mehr glänzend.
Wenn es die Gesetze der Natur zu spüren bekommt, dann kann das Papier eine Geschichte erzählen.

Ich rieche den Duft des Waldspaziergangs. Jemand nimmt meine Hand. Jemand legt seine Hand auf mein Herz.
Ich denke an die blutige Daune. Und an den *Schimmelreiter.*
Ein seltsames Rauschen umgibt mich. Ein Summen, Surren, mal hohe, mal tiefe Töne. Mal brausen sie auf. Mal ebben sie ab. Dazwischen ein kurzer Moment scheinbarer Stille. In der jedoch das nimmermüde Nachschwingen der verklingenden Töne zu spüren ist. Und darin verwoben der schüchterne und zugleich mutige erste Schritt in Richtung des Gegenpols, des allmählichen Crescendo.
Mal langgezogene, mal kurze Töne. In regelmäßigen Abständen verändert sich das Rauschen. Töne werden rhythmisch ans Ufer gespült. Ich habe das

Gefühl, in einem Konzertsaal zu sitzen. Die Musiker stimmen ihre Instrumente ein. Kunstvoll geformte und vertonte Wellen ergießen sich entlang eines andächtig lauschenden Meeresstrands.

Vera stimmt ihre Gitarre ein. Sie summt dazu, sieht mich an und erzählt mir eine Geschichte:

Den Bewohnern eines Dorfes an der See ist ihr Deichgraf nicht geheuer. Seit er auf seinem wunderschönen Schimmel reitet. Einem finsteren Gesellen hat er das Pferd abgekauft. Da war es abgemagert, heruntergekommen, krank. Die Leute glauben nicht, dass man ein todgeweihtes Pferd derart aufpäppeln kann. Das geht doch nicht mit rechten Dingen zu, sagen sie. Der Bürgermeister berichtet von der Hallig Jeverssand. Ein Pferdeskelett, das dort lag, sei verschwunden. Beim Dorfwirt sind sich alle einig: Der Deichgraf hat das Gerippe wiederbelebt. Er muss mit dem Teufel im Bunde sein!

Tosend braust der Sturm über die See. Wer jetzt noch keinen sicheren Hafen gefunden hat, dem bleibt nur, nach drei Kerzen am rettenden Ufer Ausschau zu halten.

Durch die Fenster meines Leuchtturms blicke ich in Richtung Meer. Der Raum, der mich umgibt, sieht genauso aus wie Veras Erker. Vieleckig. Auch eine grüne Sitzbank schmiegt sich maßangefertigt rundherum. Fehlt nur noch Agnes.

Ich habe drei brennende Kerzen auf das Fensterbrett gestellt. Mit zusammengekniffenen Augen beobachte ich den furiosen Tanz der Wellen. Als würde ich ein Fernglas justieren.

Weiße Schaumkronen winken wirbelnd aus dem peitschenden Grau. Wie Blitze schnellt die Gischt aus der dunklen Tiefe nach oben. Oder sind es Blitze – aus dem Gewitterhimmel nach unten zischend?

Tanzend, zuckend, wellenförmig und eckig zugleich verzahnen sich die lodernden Zungen des kraftvollen Lichtscheins. Der dunklen Schale entsteigt etwas Grelles, Schnelles. Pfeile, die nach oben schießen – um sich ebenso schnell wieder zurückzuziehen. Blitze, mal von oben, mal von unten. Mal golden. Mal weiß. Dazwischen ein paar Schneeflocken. Dann wieder das Schwarz der Nacht.

So war es an dem Abend an Veras Hecke.

Die Schneeflocken jener Nacht tanzen nun als Schaumkronen übers Meer.

Wieder justiere ich mein inneres Fernglas.

Ich konzentriere mich auf zwei, seltsam anmutig herantanzende weiße Schaumkronen.

Da bemerke ich, dass das Weiß in ihren Zacken nicht nur dem schäumenden Wasser gehört.

Einem winzigen Segelboot gleich, einer Nussschale, lassen sich ein weißer Flaum und ein weißer Strich ganz oben auf der schäumenden Flut behutsam in Richtung Strand geleiten. Diese zwei Wellen haben eine ganz eigene Art, in Richtung Ufer zu tanzen.

Vorsichtig balancieren sie die beiden kleinen Passagiere an ihrer aufbrausenden Nachbarschaft vorbei und geleiten sie sicher ans Ufer.

Nun ist die Daune in Sicherheit. Und das Foto. Sanft angespült am weißen Sandstrand.

Die nachfolgenden Wellen bleiben respektvoll auf Abstand. Denn der Sturm hat sich gelegt.

Ich sitze auf einer Bank mit grünem Samtbezug an meinem vieleckigen Tisch. In meinem vieleckigen Erker in meinem selbstverständlich vieleckigen Leuchtturm.

Alles ist weiß. Alles ist vieleckig. Wie die kleine Papierschachtel, die Vera mir gegeben hat.

Ich trinke Tee.

Und ich denke an Dr. Frank. An seine Frage, ob ich denn gut schlafen könne. Und an meine Antwort damals: Ich weiß nicht, ob ich wirklich schlafe. Ich ruhe mich aus.

13 Fünf Klafter Holz

Die merkwürdige Stille des Vorabends hält auch am nächsten Tag an. Als ich am Morgen meine Zimmertür öffne, um in die Einsamkeit des Hauses hineinzulauschen, schickt einzig die Standuhr unten im Wohnzimmer ihren Pulsschlag zu mir herauf.

Ich denke an das punktgenaue Klackern von Veras Stricknadeln. Den zuverlässigen Rhythmus im Spiel ihrer Hände. Wie ein unermüdlich schlagendes Herz. Jeder Schlag findet in den Stricknadeln seine Fortsetzung. Und schließlich im gestrickten Stoff.

Wenn nun das Pendel einer Standuhr stehenbleibt, und wenn der Puls eines Menschen nicht mehr schlägt – wirklich still wird es trotzdem nicht. Es ist nie wirklich still. Der über allem schwebende Rhythmus tickt immerfort. Verstummen wir, verstummt er noch lange nicht.

Denn er gehört uns nicht. Ist nur geliehen. Der Takt, der unserem Leben Struktur gibt, und unseren Körper bei jedem Pulsschlag in Schwingung versetzt.

Ich denke an die Instrumente in Veras Keller. Der Raum war ein einziger Klang. Die Vibrationen der Gitarrensaiten, das Beben des Schlagzeugs – ich konnte alles fühlen. Scheinbar längst verklungen, war ihre Spur dennoch da, fanden der Rhythmus und der Klang eine unsichtbare Fortsetzung.

Eine gehauchte Spur von Tönen. Auch jetzt, in diesem Moment, in dem ich nicht in Veras Haus bin, kann ich sie klingen hören. Wenn ich ihr lausche, der Spur. Oder wenn sie mich ruft.

Ein aus dem Takt herausgeflossener gestrickter Stoff aus Wolle. Auch jetzt, in diesem Moment, in dem ich nicht in Veras Haus bin, kann ich ihn fühlen. Wenn ich nach ihr taste, nach der Spur. Oder wenn sie berührt werden möchte.

Der Takt einer Uhr, das tiefe Klopfen einer Bassgitarre, der Puls eines schlagenden Herzens – diese strukturierte Lebendigkeit scheint irgendwo gespeichert zu sein. Die regelmäßige Ration Kraft, die alles speist, was schaffen und erschaffen will.

Der Hände Arbeit, der Füße mühsamer Weg.

Aus Ideen herausgeflossene Werke aller Art und Form.

Das große Metronom. Die große Uhr des Universums. Hält alles unermüdlich am Laufen.

Für alles Leben auf der Erde, sagt Frau Zier, unsere Geographielehrerin, *gibt die Sonne den Rhythmus vor.*

Schlafen und Wachsein, die Jahreszeiten, die Mondphasen, Ebbe und Flut – alles in der Natur hat seinen eigenen Pulsschlag. Und wir sind ein Teil davon.

Wenn Vera eines Tages für immer zu stricken aufhört oder nie mehr Gitarre spielt – dann wird ganz viel von ihr bleiben. Zumindest für diejenigen, die sich von ihrem Klang weiterhin berühren lassen wollen. Wenn sie ihn suchen. Wenn sie dem großen Metronom lauschen wollen.

Ihre Freunde. Ihre Familie. Wenn sie überhaupt Familie hat.

Beim Rundumlauschen fällt mein Blick auf die Tür von Leas Zimmer. So lange ich denken kann, riegelt das Ruhegebot meiner Eltern diesen Bereich im Haus vor mir ab.

Nun schleiche ich leise den unsichtbaren Zaun im oberen Flur entlang. Ein Holzzaun. Selbstverständlich. Massiv. Blickdicht.

Spuren meines Vaters. Hier oben und im Garten: Holzpflöcke. Unten: Edelstahl. An scharfkantigen Schneeschaufeln. In blank geschliffenen Spülbecken.

Diese Spuren erkennt man auch ohne Schnee. Hier braucht kein Detektiv eine hauchfeine Schicht für Fingerabdrücke anzubringen. Wem alles Feine fremd ist, wem nur der Kampf als Hoffnung bleibt, der legt die Axt auf seinem Nachttisch ab. Zugriff jederzeit.

Es sind Spuren, die mit großer Kraftanstrengung einhergehen.

Und doch hat Vater in meinem Traum bitterlich geweint.

Wie sehr er die Frau auf dem Foto, das Rehlein, geliebt haben muss.

Was auch immer aus dieser Liebe geworden ist – Vater scheint sich in einer Art von Krieg zu befinden.

So auch gestern Abend. Als ich ihn sah. In voller Montur. Das Gewehr über der Schulter.

Ob er seine Axt auch mitnimmt in den Wald? Um Bäume zu fällen? Für Zäune? Oder für Brennholz?

Vom Dachfenster über mir fällt ein Lichtstrahl auf den Fußboden und streift auch die Klinke an Leas Tür.

Ich klettere über den unsichtbaren Zaun.

Keine Alarmanlage. Es bleibt still.

Nun liegt meine Hand auf der Klinke. Der Lichtstrahl lässt sich nicht beirren. Das ist in diesem Augenblick der Einfallswinkel, in dem er strahlen möchte. Also durchstrahlt er alles, was ihm in den Weg kommt. Türklinke, Hand, Fußboden.

Ich drücke die Klinke nach unten. Vorsichtig schiebe ich die Tür ein paar Zentimeter von mir weg.

Das Bett ist unbenutzt.

Nun mache ich die Tür ganz auf. Das ganze Zimmer ist unbenutzt. Im Grunde ist es leer.

Daran können auch die rosaroten Möbel nichts ändern. Das Bett mit dem Baldachin. Das antike Sofa mit pinkfarbenem Samtbezug. Die verschnörkelte Glasvitrine.

Ich setze meine Füße vorsichtig auf den flauschigen Teppich. Es ist ein hellgrüner Teppich. Mit weißen Margeriten.

In der Ecke steht ein Puppenhaus. Ein Märchenschloss. Mit rosaroten Zinnen. Erkern. Einer Zugbrücke. Rittern. Pferden.

Ich gehe auf das Puppenhaus zu. Ich bücke mich.

Alle Figuren sind fein säuberlich platziert. Der König und die Königin im Thronsaal. Die Ritter auf dem Schlosshof.

Die Prinzessin auf einem weißen Pferd im Schlossgarten.

Es ist alles sehr hübsch anzusehen. Wie auf einem Prospekt. Einer Postkarte.

Aber wird hier denn gespielt?

Ich richte mich wieder auf und sehe mein Spiegelbild in den Glasscheiben der verschnörkelten Vitrine.

Und mit wem spielt dieser blonde Junge hier? Und wer spielt mit ihm?

Hat er keine Freunde? Keine Familie?

Ich gehe näher an die Vitrine heran. Sie gleicht mehr einem überdimensionierten Kaufladen. Ganze

Berge von Büchern, Spielekartons, Puppen in allen Größen und Farben werden darin feilgeboten.

Übereinander gestapelt. Dicht aneinander gedrängt. Ein üppiges Sortiment an Unterhaltung und Ablenkung. Eingepfercht in erbärmlicher Enge.

Die Vitrine könnte genauso gut in unserem Keller stehen. In diesem Zimmer herrscht das Regiment des Kellers.

All die Bücher und Spiele – sie drängeln regelrecht hinter dem Glas. Die Puppen drücken sich die Nasen platt an den Scheiben. Aufdringlich und ohne Worte rufen sie: *Nimm mich! Nein – mich!*

Verdenken kann man es dieser auf engstem Raum gehaltenen bunten Herde nicht. Was für eine verzweifelt stille Gier nach Aufmerksamkeit.

Und nach Individualität.

Jedes einzelne Exemplar ist mehr als Teil einer prall gefüllten Tüte Unterhaltungsprogramm.

Denn jedes einzelne ist – eine eigene Idee.

Die erfreuen möchte. Verstanden werden. Oder gehört. Vorgelesen. Gefühlt.

In der Masse geht das Einzigartige schnell unter.

Steht ein Unterhaltungssuchender vor diesem Schaufenster, hat er die Wahl: Meist nimmt er, was er kennt. Vermeidet das Risiko, enttäuscht oder überfordert zu werden. Selten greift er zum Unbekannten. Zum Unscheinbaren. Einer kleinen weißen Papierschachtel zum Beispiel.

Lieber spielt er das, was alle kennen, alle spielen, alle für gut befinden. Da sitzt man beim Dorfwirt zusammen. Und wenn der Bürgermeister mal wieder beim Kartenspiel betrogen äh gewonnen hat und eine Runde Schnaps spendiert, ist die Welt doch wieder in Ordnung. Man bestätigt sich gegenseitig seinen guten Geschmack, seinen Sinn für wirkliche Qualität, die wahren Werte. Man teilt das Bewährte und begnügt sich mit dem regelmäßigen Griff nach denselben Puppen und Spielekartons.

Der Bürgermeister berichtet von der Hallig Jeverssand. Ein Pferdeskelett, das dort lag, sei verschwunden. Beim Dorfwirt sind sich alle einig: Der Deichgraf hat das Gerippe wiederbelebt. Er muss mit dem Teufel im Bunde sein!

Mag sich innerlich bei dem einen oder anderen zwischendurch ein leiser Zweifel an der vorherrschenden Meinung melden – gegen die Mehrheit seiner Mitspieler stellt sich keiner. Schließlich möchte man nicht riskieren, eines Tages zu einem Spieleabend nicht mehr eingeladen zu werden.

Selbst ein leiser Hinweis auf einen offensichtlichen Fehler in der Spieleanleitung, von einem aufmerksamen Leser entdeckt, könnte die Gewohnheit der Samstagabend-Spielerunde empfindlich stören. Tun, als ob nichts gewesen wäre – wo käme man da hin. *Das haben wir schon immer so gespielt!*

Es ist der *Des-Kaisers-neue-Kleider-Effekt*: Wenn in diesem Märchen der Kaiser in Unterwäsche sagt, er trage die kostbarsten Kleider und das ganze Dorf ist seiner Meinung – wer stellt sich hin und weist mutig auf den großen Irrtum hin?

Mut ist das Thema – das denke ich beim Anblick der Enge und des Gedränges in dieser Vitrine.

Der Mut zum Schrei nach Individualität. Nach Befreiung.

Wohl dem Vitrinenbewohner, der sich in eine Schachtel zurückziehen kann. Einige sind privilegiert. Wohnen in einem mit feinstem Stoff ausgekleideten Schachtelmodell.
Ich denke an meinen Traum gestern Abend:
Ich sitze auf einer Bank mit grünem Samtbezug an meinem vieleckigen Tisch. In meinem vieleckigen Erker in meinem selbstverständlich vieleckigen Leuchtturm. Ich trinke Tee.
Alles ist weiß. Alles ist vieleckig. Wie die kleine Papierschachtel, die Vera mir gegeben hat.

Doch die meisten Behausungen schützen nicht vor Wind und Wetter, Hunger und Durst, nicht vor den neugierigen und neidischen Blicken der Nachbarn.
Alles in dieser Vitrine kommt mir vor wie im Mittelalter. Es herrscht eine düstere Atmosphäre. Kriege, Krankheit und Tod sind an der Tagesordnung. Argwohn und Missgunst, Bigotterie und Aberglauben machen sich breit – aus Erbärmlichkeit, Enge und nacktem Elend geborene Emotionen und Handlungen.
Eine Scheibe Brot entscheidet: Dein Kind stirbt heute – oder erst übermorgen.

Nun könnte eines Tages ein junger Ritter auf einem edlen schwarzen Ross an diesem prall gefüllten und doch so erbärmlichen Kaufladen vorbeireiten. Er würde die feilgebotenen Waren begutachten. Und plötzlich fiele ihm eine unscheinbare Puppe ins Auge. Vorsichtig würden sich seine Finger ausstrecken, nach der hintersten Ecke im Vitrinenregal. Großes Gefallen könnte er an dieser traurigen Schönheit finden, diesem ausgehungerten und kränkelnden Aschenputtel, das vergraben war unter etlichen Puppen und Figuren im Festtagsgewand.

Ein Mädchen hätte er gefunden, das nicht an die Scheibe klopfte. Wie andere es taten.

Voller Entzücken, einen solch seltenen Schatz entdeckt zu haben, würde der junge Mann nach Hause zur Familie eilen und von seiner freudigen Entdeckung berichten.

Sprich leise, mein Junge, um Himmels willen! Eilig verschlösse die Mutter Türen und Fenster.

Vergessen solle er, was er gesehen und gesprochen! Von Vaters Thron schölle donnernd das Urteil herab. Vergessen wollten nun alle, was sie gehört. Nicht diese Frau, dieses Wesen – arm, erbärmlich, widerwärtig.

Oh Vater, nein! Bittere Tränen würde er weinen, der unglückliche Jüngling. Sie ergössen sich auf des Vaters Tisch im dunklem Arbeitszimmer.

Kein Wort mehr will ich hören! Einem Fräulein aus gutem Haus bist du versprochen. So wird es sein. Ich hab's beschlossen.

Die Pfeife raucht im schwarzen Sessel. Kein Raum, kein Hauch für Widerworte.

Des Jünglings Herz, es bricht entzwei.
Ab dieser Stund ist einerlei
ihm aller Lauf der Welt in sich
Sein Mädchen weint gar fürchterlich

Gehorchen wird er Vaters Worten
Sein Herz verriegelt alle Pforten
Durch die er Liebe einst empfangen
Vergisst, wie fröhliche Lieder klangen

Wird Wächter über Schimpf und Schand
Die Anmut, die er einst gekannt
Das Feuer in den Augen der Maid
Vernichten soll in alle Ewigkeit

Ein kleines Dorf ist diese Vitrine. Es könnte unser Dorf sein.

Es ist unser Dorf.

Als ich gerade wieder gehen will, fällt mein Blick auf einen alten Schuhkarton. Er ragt ein wenig unter Leas Bett hervor. Der Deckel liegt schief darüber.

Das passt ja so gar nicht ins Bild.

Ich knie mich vor das Bett und nehme den Deckel ab.

Eine kleine Schildkröte aus Knetmasse, eine Spieluhr, ein mit Lack bemalter Eierbecher, ein Bild von Michel aus Lönneberga … Aber … Das …

Mein Herz schlägt wie wild.

Das … Das gibt es doch nicht …

Das alles habe ich Lea geschenkt! Zu ihren Geburtstagen. Und an Weihnachten.

Und ich dachte immer, es hat ihr nicht gefallen.

Sie hat meine Geschenke nie beachtet. Hat sich nicht einmal bedankt. Mir hat sie nie etwas geschenkt.

Doch in einem mit rotem Samt ausgekleideten Schuhkarton hat sie alles aufbewahrt!

Wie weh mir das tut.

Nie haben wir miteinander gespielt. Nie miteinander gelacht.

Alles nur wegen des Zauns.

Ich streichle mit der Hand über die Schildkröte. Über das Bild von Michel aus Lönneberga.

Da fällt mir auf, dass ein Bild in Leas geheimer Schatzkiste fehlt. Das von Michel, das ihn zusammen mit seiner Schwester Ida zeigt. Die beiden Blondschöpfe zusammen. Wie Ida in einer kleinen Holzkarre hockt. Ida sieht so fröhlich aus auf dem Bild. Und Michel zieht sie in der Karre vorsichtig über den steinigen Weg.

Dieses Bild ist nicht in der Schachtel.

Ich verschließe den Karton wieder mit dem Deckel und schiebe ihn weit unter das Bett. So, dass man ihn sicher von oben nicht sehen kann.

Schnell verlasse ich den Raum.

Ob Lea vielleicht auch sehr schnell aus dem Zimmer ging? Vielleicht gehen musste? Und daher keine Zeit mehr für das Verstauen der Schachtel unter ihrem Bett hatte?

Leise schließe ich die Tür. Den Deckel zu dieser großen rosaroten leeren Schachtel.

Wo sind die denn alle?
Ich gehe nach unten. In den Flur.
Mutters Pelzstiefel sind weg. Leas ebenfalls.

Dass Vaters Winterschuhe fehlen, ist klar. Er ist ja in der Arbeit. Im Gericht.

Zieht er dort auch in den Kampf? Hat er dort auch sein Gewehr dabei? Oder seine Axt? Die Utensilien der Ablenkung – von seinem großen inneren Kummer.

Ich gehe ins Wohnzimmer. Setze mich auf den Boden vor dem Weihnachtsbaum.

Mein Blick fällt auf die kleine Holzkrippe.

Warum gehöre ich nicht dazu?

Seit wann gehöre ich nicht dazu? Immer schon? Von Anfang an?

Ich war doch einmal ein Baby. Von irgendwoher muss ich doch kommen. Hat mich denn keiner gewollt?

Auf Knien krabble ich ganz nah an die Krippe heran.

Ich denke an mein inneres Bild an Heiligabend. Als ich von meinen Gedanken an den Holzturm im Wald zurück war – da lag ich auch hier. Unter dem Weihnachtsbaum. Und betrachtete die Krippe. Und ich sah zwei Kinder in der Krippe liegen.

Gibt es jemanden, von dem ich nichts weiß? Einen Zwillingsbruder?

Wo ist das zweite Kind?

Lea kann es nicht sein. Sie ist ja ein paar Jahre jünger als ich.

Ich würde auch noch ein weiteres Kind mit meiner Holzkarre durch die Gegend ziehen. Mit allen gemeinsam spielen und lachen.

Ich habe Hunger und Durst.

Wie das Aschenputtel und die anderen armen Geschöpfe in der Vitrine.

Ich möchte zu Vera.

Ich schlüpfe in die einzigen Winterstiefel, die noch im Flur stehen, nämlich meine, nehme den Schlüssel – und verlasse das Haus. Diese große leere Schachtel.

Einen Mantel brauche ich nicht für den kurzen Weg.

Der Tisch vor Veras Haus ist nach wie vor schön eingedeckt. Mit Schnee. Doch es war schon jemand vor mir da. Man erkennt die kleinen Tritte eines Vogels darauf. Oder eines Eichhörnchens? Wenn ich meine inneren Bilder male, kenne ich mich besser aus mit den Spuren der Tiere.

Vera scheint immer Besuch zu haben.

Ich drücke auf die Klingel. Warte. Drücke noch einmal.

Jetzt vermisse ich doch meinen Mantel.

Da. Endlich. Ich sehe einen Schatten hinter der Glasscheibe der Haustür.

„Manuel." Veras Stimme klingt heiser. Im Vorgarten zwitschert ein Vogel.

Die Natur ist dabei, den neuen Tag zu begrüßen. Noch ist der gewohnte Schwung in ihrem langen Haar nicht zu erkennen. Verhalten, erschöpft von der Nacht plätschern die silbernen Wellen schlummernd vor sich hin.

Doch der Wind, draußen auf hoher See, inmitten des Ozeans, wird bald stärker blasen. Und seine gewellten Boten zielgerichtet an Land steuern.

Ich denke an die blutige Daune und das Foto in meinem Traum vergangene Nacht.

Die Schmerzen der Vergangenheit wurden ans Ufer gespült. Zwei Wellen geleiteten sie sicher an den Strand.

Dem Leuchtturmwärter ist ihre Ankunft nicht entgangen. Dem wachsamen Detektiv. Das Leuchtfeuer des Turms strahlt zuverlässig in die Nacht. Keine falsche Nonne wird es jemals verlöschen können.

„Guten Morgen. Ich wollte zu dir."

Vera sieht ziemlich verschlafen aus. „Das freut mich aber. Na, dann rein mit dir. Du hast ja gar keinen Mantel an."

„Ach, ich dachte, der kurze Weg …"

Dafür hat sie einen Mantel an. Einen Morgenmantel. Mit ihren nackten Füßen steht sie auf den Holzdielen.

„Möchtest du einen Kakao? Und ein Stück Kuchen?"

Ich nicke. Der Tisch ist immer gedeckt bei ihr.

„Setz dich schon mal zu Agnes. Die schnurrt auf der Bank am Esstisch." Vera tippelt in die Küche.

Ich gehe in die erste Schachtel. Den Erker. Setze mich in die zweite Schachtel. Den Esstisch. Und denke an die dritte Schachtel. Die mit der Daune. Und an meinen weißen Leuchtturm, dessen Innenraum genauso aussieht wie dieser Erker.

Agnes macht einen Katzenbuckel und schmiegt sich schnurrend an mich. Ich streichle ihr weiches seidiges Fell.

Genauso fühlte sich gestern in meinem Traum der Wolf mit den Daunenfedern an. Weich und unschuldig. Obwohl er doch ein wildes Tier ist.

Wenn ich daran denke, wie schwer im Traum die einzelne Daune in meiner Hand war – welch unglaubliche Last muss dieser Wolf tragen!

Und auch das stürmische Meer, dessen Wellen die gewichtige Daune ans Ufer spülten, überwand die Schwere und verwandelte sie in ein schaukelndes sanftes Tragen. Begleitet vom Rauschen und Tosen, der urkräftigen Melodie im Auf und Ab einer windgepeitschten Reise durch den Ozean.

In jeder einzelnen Daune am Körper des Wolfes war Grausamkeit gespeichert. Die Spur der blutigen Hautfetzen der Gänse.

Ich muss mit Vera nicht darüber sprechen. Sie weiß es. Ich weiß es.

Wie selbstverständlich die Daune in der weißen Schachtel ihren Weg zu mir gefunden hat.

Und wie selbstverständlich ich meinen Weg gefunden habe. Zu Vera.

Ähnliche Wege … Steinig. Eine Holzkarre holpert darüber.

Nackte Füße werden über spitze, messerscharfe Steine getrieben.

Ich kenne diese Füße. Eben noch standen sie auf den Holzdielen im Flur.

Spitze Steine bohren sich in ihre nackten Füße. Sie bluten wie die Daune gestern in meiner Hand.

Ich bin mit Vera in dem mittelalterlichen Dorf von heute Morgen. In der Vitrine in Leas Zimmer.

Das Besteck klappert auf dem Tablett. Vera, noch immer barfuß, stellt es vorsichtig auf dem Tisch ab. Es ist das gleiche Geschirr wie gestern. Die Tasse mit dem goldenen Henkel. Der Teller mit den bunten Blumen.

Das Notenblatt von gestern liegt nicht mehr auf dem Tisch. Aber die drei Kerzen sind noch da.

Auf einem der Fensterbretter des Erkers stehen zwei Weingläser. In beiden Gläsern ist noch ein kleiner Rest Rotwein zu erkennen.

„Die Daune, Vera ..." Ich weiß gar nicht, warum ich nun doch damit herausplatze.

Mit großen Augen blickt sie mich an. Hellwach. Das Verschlafene ist schlagartig aus ihrem Gesicht gewichen. „Ja ..." Doch ihre Stimme ist nach wie vor heiser.

Den Gesang des Meeres trägt der auflandige Wind immer näher an das Ufer heran. Den Ruf.

Der Wolf hat bereits mit seiner Verwandlung begonnen.

Vera weiß, was ihr bevorsteht.

Das Blut der Daunen hat begonnen, ihr Blut an den Wolf weiterzugeben.

An das unschuldige Raubtier.

Der Gedanke an die Daune und ihren Auftrag – ich musste ihn aussprechen. Er wollte ganz schnell aus mir heraus. Er hat gedrängelt. Wie die Bücher und

Puppen in Leas Vitrine. „Auf ihr hab ich heute Nacht geschlafen."

Vera nickt etwas abwesend. Stellt mir den Kakao und den Apfelkuchen hin. Und nimmt für sich selbst eine Tasse Kaffee von dem Tablett.

Still löffelt sie Zucker in ihre Tasse. Still rührt sie um. Still nimmt sie ihren ersten Schluck.

Still mit tausend Worten. Wie Stille eben so ist.

Dann atmet sie tief ein.

Ihr Brustkorb hebt sich. Der Kragen ihres Morgenmantels öffnet sich dabei ein wenig. Ich kann ihre weiche braune Haut sehen.

Wie schön und groß ihre Brüste sind, das weiß ich ja nun schon.

„Hast du Angst, Vera?"

Sie starrt vor sich hin.

Ich spüre, dass sie Angst hat. Jeder Atemzug fließt durch einen Körper, der weiß, dass er leiden, dass er bluten wird.

Und dass es kein Entrinnen gibt.

Gleichzeitig fließt der Atem durch einen Körper, der genießt, sich und andere erfreut, der das Leben liebt.

Sie steht auf. Sie geht zu ihrem CD-Regal. Langsam. Schweigsam.

Eine kraftvolle Musik schießt plötzlich durch den Raum. Wie Pfeile schnellen die Töne hin und her.

Ich denke an den Giftpfeil des Herakles, mit dem er Nessos tötete. Ich denke an den bohrenden Schmerz in meiner Schulter, als Jonas mich auf dem

Weihnachtsmarkt anrempelte. Und ich denke an die lodernden Flammen in Veras Feuerschale, die – Pfeilen gleich – an jenem Abend gen Himmel schnellten.

Jetzt dreht Vera die Musik richtig laut.

Der Raum gleicht einer Disco. Man wird mitgerissen von dem lebhaften Rhythmus. Ich bekomme richtig Lust zu tanzen.

Da legt Vera die CD-Hülle vor mich auf den Tisch.

Les Rita Mitsouko. Marcia baila.
Eine Hommage an Marcia Moretto
Marcia, elle danse sur du satin, de la rayonne,
du polystyrène expansé à ses pieds.
Marcia danse avec des jambes
aiguisées comme des couperets,
deux flèches qui donnent des idées,
des sensations.
Marcia, elle est maigre.
Belle en scène, belle comme à la ville.
La voir danser me transforme en excitée.
Moretto, comme ta bouche est immense
quand tu souris. Et quand tu ris,
je ris aussi. Tu aimes tellement la vie,
quel est donc ce froid que l'on sent en toi?
Mais c'est la mort qui t'a assassinée, Marcia!
C'est la mort qui t'a consumée, Marcia!
Maintenant, tu es en cendres, cendres.
La mort, c'est comme une chose impossible.
Et même à toi qui est forte comme une fusée,
et même à toi, qui est la vie même, Marcia,
c'est la mort qui t'a emmenée!

*Avec la tête, elle danse aussi très bien
et son visage danse avec tout le reste.
Elle a cherché une nouvelle façon
et l'a inventée.*

Daneben die deutsche Übersetzung:
*Marcia tanzt
Marcia, sie tanzt auf Satin, Viskose,
Styropor, unter ihren Füßen ausgebreitet.
Marcia tanzt auf Beinen, scharf wie Fallbeile.
Zwei Pfeile, die einen auf Gedanken bringen,
Gefühle hervorrufen.
Marcia, sie ist dünn.
Schön auf der Bühne wie in der Stadt.
Sie tanzen zu sehen, wühlt mich auf.
Moretto, wie groß dein Mund ist,
wenn du lächelst. Und wenn du lachst,
dann lache auch ich. Du liebst so sehr das Leben.
Doch welche Kälte ist es, die man in dir spürt?
Aber der Tod ist es, der dich umgebracht hat, Marcia!
Der Tod, der hat dich verschlungen, Marcia!
Jetzt bist Du Asche. Asche.
Der Tod ist wie eine unmögliche Sache
Selbst für dich, wo du doch stark wie eine Rakete bist.
Selbst für dich, Marcia, die doch das Leben selbst ist.
Der Tod hat dich mitgenommen.
Mit dem Kopf tanzt sie auch sehr gut.
Und ihr Gesicht tanzt mit dem ganzen Rest.
Sie hat eine neue Art gesucht.
Und hat sie erfunden.*

Sie hat eine neue Art gesucht. Und hat sie erfunden.

Da sitzt sie mir gegenüber. Diese kraftvolle, diese energiegeladene Frau.

Sicherlich kann auch sie eine Rakete sein. Wie die Marcia, die Frau in dem Lied. Die Frau, die der Tod mitgenommen hat.

Eine Frau, die das Leben so sehr liebt. Die Frau das Leben. Das Leben die Frau.

Sie hat einen neuen Klang gesucht. Und hat ihn erfunden.

Mal still, mal laut fließt es aus ihr heraus. Aus ihrem Körper. Aus dem wundersamen Instrument, das sie ist.

Mal feierlich. Mal klagend. Mal E-Dur. Mal e-Moll.

Mal wird das Leben gefeiert. Mal erklingt das Klopfen des Todes an der Tür. Wenn er wieder jemanden mitnehmen wird.

Vera kann die Gegensätze miteinander versöhnen.

Wie dieses Lied, dessen letzte Töne langsam in Veras Wohnzimmer verklingen. Ein lebhaftes Lied, ein energiegeladener Rhythmus, eine traurige Botschaft. Die Gegenpole verbinden sich miteinander.

Und ich denke an meinen Traum letzte Nacht.

Ein seltsames Rauschen umgibt mich. Ein Summen, Surren, mal hohe, mal tiefe Töne. Mal brausen sie auf. Mal ebben sie ab. Dazwischen ein kurzer Moment scheinbarer Stille. In der jedoch das nimmermüde Nachschwingen der verklingenden Töne zu spüren ist. Und darin verwoben der schüchterne und zugleich mutige erste Schritt in Richtung des Gegenpols, des allmählichen Crescendo.

Seit ich mir Vera nackt mit ihrer Gitarre vorgestellt habe, weiß ich, dass sie laut und übermütig sein kann. Verführerisch. Ein bisschen frech. Fordernd. Und ganz sicher bekommt sie das, was sie fordert.

Bestimmt spielt sie energiegeladene Musik mit ihrer Band. Vielleicht Rock'n Roll.

Aber manchmal ist sie auch einsam. Und geht einen schweren Weg. Den geht sie ganz allein. Sie muss eine Menge tragen. Und das trägt sie ganz allein.

Sie bekocht und beschenkt die Menschen um sie herum. Sie ist großzügig.

Die Musik ist verklungen. Vera schickt mir das leuchtende Grün ihrer Augen zielgerichtet in meine Augen.

Ich spüre, dass sie mir in der Stille Töne schickt. Zielgenau.

Sie spannt einen lautlosen Bogen zu mir. Es ist der Tonhauch aus ihrem Musikzimmer. Sie schickt mir den Satz *Ja, ich habe Angst.*

Es folgt eine Botschaft mit einer Vielzahl von stillen Tönen.

Es geht um die weißen Federn. Die mich zu ihr geführt haben. Die mir als weiße Flammen zugewunken haben. Am 21. Dezember. Aus der Feuerschale auf ihrer Terrasse. Und die mir schließlich am gleichen Abend als weiße Fahnen im Wind wiederbegegneten.

In dem geheimnisvollen Stand auf dem Weihnachtsmarkt.

Der Wind ist der Atem der Welt, ergänzt sie meine Gedanken.

Und der Schnee? frage ich sie.
Der Schnee ist das Gedächtnis der Welt.
Und geschmolzener Schnee, Wasser, was ist das?
Wassertropfen sind das Leiden der Welt.
Nach einer Weile ergänzt sie:
Das Leiden, das die Erlösung in sich trägt.

Ich denke an den Herbstwind. Die Kastanien. Das verliebte Pärchen im Wald. An den Ritter mit dem schwarzen Pferd. Und an das Aschenputtel aus unserem Dorf.

Und ich denke an die Spurensuche meines Detektivs. An seine Vermutung, dass die Spuren schließlich in den Ozean münden würden. Um dort dem Klang der weisen inneren Stimme zu lauschen. Die lauter ist als der tosende Sturm in unseren Seelen. Die nicht das besingt, was wir verlieren. Sondern die uns Fülle und eine schützende Höhle in uns selbst finden und uns zu einem wundersamen Klanginstrument werden lässt. Für ein ganzes Bündel von Tönen.

Dieser klingende Schutzraum wird uns niemals verlassen, sagt mein Detektiv. Wir können getrost erwarten, was kommen mag.

Die wortlose Unterhaltung mit Vera geht weiter.
Wer ist die Frau auf dem Foto?
Nach einer Weile ergänze ich:
Hat mein Vater sie geliebt?
Vera blickt in ihre Kaffeetasse. Sie nickt.
Sie sieht aus wie du.
Sie nickt.

Aber du bist es nicht.
Sie schüttelt den Kopf.
Ich nehme einen Schluck Kakao.
Weiß meine Mutter von dieser Frau?
Sie nickt.
Nun spüre ich das Drängeln einer Frage in mir, einer Frage, die sich bereits die Nase an einer Vitrinenscheibe plattdrückt:
Warum habe ich zwei Kinder in der Krippe gesehen?
Vera hebt den Kopf. Sie blickt aus dem Fenster.
Lies dein Buch über Herakles.
Ich beiße mir auf die Lippen. Nun nehme ich eine Frage aus meiner inneren Vitrine, vor der ich etwas Angst habe. Aber schon sehr viel weniger als noch vor ein paar Tagen.
Was hat der Schimmelreiter mit meinem Vater zu tun?
Nun taucht ihr Blick wieder in ihre Kaffeetasse hinab. Dann zieht sie ihre Füße zu sich hoch. Umfasst sie liebevoll. Streichelt sie.
Du möchtest doch einmal in einem Turm arbeiten. Es könnte auch ein Kirchturm sein, hast du gesagt. Oder gedacht. Du liebst den Klang der Glocken. Es gibt eine Glocke. In einer Kathedrale. In Frankreich. Die Glocke trägt deinen Namen. Lies über diese Kirche. Und über die große Liebe, die sich dort abspielte. Lies über die Gruft von Montfaucon. Und denke dabei an das Märchen von Rapunzel. Und an die Bedeutung der Wassertropfen.
Sie spricht wie das Orakel von Delphi.
Du kommst aus einer anderen Zeit.
Sie nickt.
Du gehst in eine andere Zeit.

Sie nickt. *Bald.*

Der Stand auf dem Weihnachtsmarkt, der mit den tanzenden weißen Federn – wenn ich dich an diesem Abend nicht auf deiner Terrasse gesehen hätte, würde ich sagen, dass es dein Stand war.

Sie lächelt etwas verhalten.

Weißt du, wer in dem Stand war? Ich habe niemanden gesehen. Wem hat er gehört?

Sie lächelt nicht mehr. Aber sie nickt. Und spricht lautlos die Antwort auf meine Frage: *Er gehört meiner Tochter.*

14 Der schwarze Ritter und die Angst vor der Liebe

Die bunten Blumen auf meinem Kuchenteller sind alle wieder erblüht. Sie leuchten durch die feine Krümelschicht, die vom Apfelkuchen übrig blieb. Vom Zimtzucker, mit dem der Kuchen reichlich bestreut war, mischen sich die Zuckerkristalle mit den Krümeln. Im Inneren der Porzellantasse kleben

Kakaospuren. Der Löffel steckt in einer braunen Pfütze am Tassenboden.

Vera blickt gedankenverloren durch die Fenster des Erkers.

Ob sie, die virtuose Architektin, als sie diesen Erker erdachte, erfühlte, konstruierte, ob sie auch einen Zufluchtsort erschaffen wollte?

Für sich. Und andere Schiffbrüchige. Die, in kleinen Nussschalen, der tosenden See ausgeliefert, frierend und durchnässt den haushohen Wellen das Ziel ihrer Reise einflüstern. Sie möchten doch bitte auf das kleine Licht zusteuern. Auf die drei Kerzen in den Fenstern des von fern winkenden Leuchtturms.

Vera ist eine Leuchtturmwärterin.

An dem Abend an der Hecke sandte sie mir ein Licht.

Sie sah mich in meiner Nussschale über das im Sturm tobende Meer schlingern. Mal ganz oben auf den hell blitzenden Schaumkronen. Dann wieder verschwunden in einer schaukelnden, von riesigen Wänden eingekesselten Talsohle, inständig hoffend, mit der nächsten Welle wieder nach oben gespült zu werden. Nicht verschlungen zu werden. Nicht von der Flut des Wassers. Nicht von den stürmischen Wogen in einer verzweifelten menschlichen Seele.

Ich denke an die Nussschale, in der Mutter sitzt. Das Licht wird sie nicht mehr retten können.

Und wohin wird Vera segeln? Welches Licht wird sie finden?

Es ist unglaublich, wie sehr sie der jungen Frau auf dem Foto gleicht. Vera strahlt jedoch mehr Energie aus, mehr Kampfkraft. Das Gesicht der anderen Frau wirkt ängstlich. Es gehört eben einem scheuen Reh.
Und keiner Wölfin.
Irgendwo im Haus rauscht Wasser.
Das Element, aus dem alles entspringt, in das alles mündet.
Alles. Und alles zu seiner Zeit.

Das Wasser plätschert aus einer Dusche. Im oberen Stockwerk.
Sie hat also Besuch. Daher die zwei Rotweingläser auf dem Fensterbrett.
Weder Heiner noch Achim können in der vergangenen Nacht aus dem zweiten Glas getrunken haben. Wenn sie Vera besuchen, werden drei Gläser benutzt.
Mit dem Wein in den beiden Gläsern wurde kein ausgelassenes Schlittenvergnügen unter Freunden gefeiert.
In diesen Gläsern hat es geknistert. Um sie herum hat es geknistert. Lächeln, lachen, sich ansehen, wegsehen, reden, schweigen.
Zunächst gab es viel zu erzählen. Dann immer weniger.
Aus Worten wurden Blicke.
Der letzte Schluck Rotwein. Die Blicke, die sich zeitgleich mit dem Absetzen der Gläser fanden – aus ihnen wurde Berührung.
Zunächst haben sich nur die Gläser berührt. Beim feierlichen Klirren, beim gemeinsamen Blick auf das

schimmernde Rot in den Kelchen, der gemeinsamen Vorfreude auf den sinnlichen Genuss.

Nun stehen sie im Fenster des Erkers.

Aus diesem erfühlten, erdachten, in Liebe konstruierten Leuchtturm und Zufluchtsort für die Schiffbrüchigen der Welt blicke ich hinaus in Veras verschneiten Garten.

Die Bäume biegen sich im Wind. Aus dem Wind wird Sturm. Er weht die Bäume aus dem Garten fort. Zurück bleibt das unendliche Weiß des Schnees.

Der Sturm fährt in die weite weiße See dort draußen. Sich auftürmend, dann wieder zusammenbrechend, unruhig schaukelnd, wild peitschend rollen die Wellen auf Veras Erker zu.

Zwei Wachposten gleich blicken die beiden Gläser mutig der auf sie zurollenden weißen Flut entgegen.

Was sich an Gewalt und Feindseligkeit zusammenbraut, will ein Opfer.

Das Rot des in ihnen verbliebenen Rotweins weist den beiden gläsernen Wachen die Aussichtslosigkeit ihrer Verteidigung.

Das blutige Urteil wird vollstreckt werden.

Wie konnte es nur zu diesem unmenschlichen Orkan kommen?

Eben noch schaukelte eine harmlose Windbö sanft die Äste des Holunders im Garten.

Der Wind ist der Atem der Welt.

Doch der Wind, draußen auf hoher See, inmitten des Ozeans, wird bald stärker blasen. Und seine gewellten Boten zielgerichtet an Land steuern.
Ich denke an die blutige Daune und das Foto in meinem Traum vergangene Nacht.
Die Schmerzen der Vergangenheit wurden ans Ufer gespült. Zwei Wellen geleiteten sie sicher an den Strand.
Dem Leuchtturmwärter ist ihre Ankunft nicht entgangen. Dem wachsamen Detektiv. Das Leuchtfeuer des Turms strahlt zuverlässig in die Nacht. Keine falsche Nonne wird es jemals verlöschen können.

Durch das Rauschen der Dusche habe ich das Gefühl, zu stören. Ich möchte etwas sagen.

Da legt Vera ihre Hand auf meine. „Bleib."

Dann steht sie auf. „Ich bin gleich wieder da."

Ihre Füße versinken in dem flauschigen weißen Teppich. Auf dem ich gestern die Pfoten, Klauen und Hufe verschiedener Tiere umhergehen sah. Als ich ein Schneekristall war. Einer von unendlich vielen.

Alle waren wir eingewebt in ein durchscheinendes weißes Tuch. Mal waren wir Kristall, dann wieder Nebel, oder Wasser, dann wieder Wolke.

Wir waren alles. Und jeder einzelne Fuß, der unser Tuch berührte, war durch uns ebenfalls mit allem verbunden.

Dort, wo eine Fußspur ganz nah an die untersten Schneeflocken herankommt und damit die Wintersonne hereinlässt, dort wird der Kreislauf offensichtlich.

Offensichtlich für Blicke, die sich berühren lassen.

Vera wird wieder eingehen in den Kreislauf. *Bald*, hat sie gesagt.

Nach der Begegnung mit dem Foto der schönen Frau und dem *Schimmelreiter*-Büchlein in Vaters Arbeitszimmer hatte auch ich Zugang zu diesem Kreislauf.

Meine Augen fühlten den Schnee. Sein Anderssein, seinen Trost, sein sich Verbinden mit all den anderen unzähligen Flocken. Und sein sich Verdichten zu diesem wundersamen weißen Tuch. Gewebt speziell für diese Jahreszeit. Bereit sich zu verschenken. Um jetzt zu wärmen, zu beschützen. Und sich im Frühjahr wieder dem Lauf der Dinge zu überlassen. Zu schmelzen, zu vergehen. Zu Wasser zu werden. Zu neuer Nahrung für die Welt. So wie ich im Herbst die Kastanien fühle, ihre Geschichte, ihren Kreislauf, dem sie entstammen, verbinde ich mich nun mit dem Geheimnis der weißen Flocken. Jetzt sind es Flocken. Im Frühjahr wird es Wasser sein. Wird fließen, wird nähren. Doch muss vorher vergehen.

Ihr Bademantel ist aus einem weich fließenden Stoff. Auch er kann ihren Körper nicht wirklich verhüllen.

Sie ist eine nackte Schönheit. Eine schöne Nacktheit.

Nun schwebt sie die Treppe nach oben.

Vera sagt, mein Vater hat die Frau auf dem Foto geliebt.

Und Vera, die dieser Frau so unglaublich ähnelt – was macht das mit meinem Vater, wenn er Vera ansieht? Was macht es mit ihm, dieses Abbild seiner wohl großen Liebe als Nachbarin zu haben? Das muss doch eine fürchterliche Qual sein.

Ich denke an den Ritter mit dem schwarzen Pferd. In Leas Vitrine aus dem Mittelalter. Er darf sein Aschenputtel nie mehr wiedersehen.

Wird Wächter über Schimpf und Schand
Die Anmut, die er einst gekannt
Das Feuer in den Augen der Maid
Vernichten soll in alle Ewigkeit

Soll das Feuer in den Augen die Anmut vernichten? Oder die Anmut das Feuer?

Unseren Deutschlehrer würde so ein mehrdeutiger Satz wahnsinnig machen. Was ist Subjekt und was Objekt?

Das Orakel von Delphi würde es ähnlich formulieren. Auch Veras Hinweis zu dieser Kathedrale in Frankreich und der Gruft klang sehr orakelig.

Und im Buch über Herakles würde ich etwas zu den zwei Kindern in der Krippe finden, hat sie gesagt.

Und der Ritter … Nachdem er sein Mädchen nicht mehr sehen darf, wird er Wächter über Schimpf und Schand. Wird er Polizist? Nein, die gab es ja im Mittelalter noch nicht. Also irgendeine Art von Wache. Ein Soldat vielleicht. Auf jeden Fall jemand, der auch vor einem Kampf nicht zurückschrecken darf.

Das Verbot des Vaters hat diesen Ritter für immer verändert.

Gehorchen wird er Vaters Worten
Sein Herz verriegelt alle Pforten

Durch die er Liebe einst empfangen
Vergisst, wie fröhliche Lieder klangen

Nun weiß ich, warum ich an meinen Vater gedacht habe. *Sein Herz verriegelt alle Pforten, durch die er Liebe einst empfangen.*

In meinem Vater ist keine Liebe. Sein Herz ist verriegelt. Die Fröhlichkeit beim gemeinsamen Fußballspiel mit seinen Freunden – vorbei. Kann man eine solche Fröhlichkeit wirklich vergessen?

Vielleicht musste er das Vergessen auch mühsam lernen. In kleinen Schritten. Vielleicht musste er jeden Tag einen Pflock vor sein Herz setzen. Bis es eines Tages komplett abgeriegelt war.

Er hat einen Zaun um sein Herz gebaut.

Wie lange er wohl dafür gebraucht hat? Bestimmt nicht Tage. Vielmehr Jahre.

Vielleicht ist der Zaun auch noch gar nicht fertig und er baut noch immer daran.

Ob er sein Aschenputtel wirklich nie mehr wiedergesehen hat? Und wie kam es, dass er schließlich meine Mutter heiratete? Liebt er mich nicht, weil er meine Mutter nicht liebt? Aber Lea ist doch auch Mutters Kind.

Ich denke an meinen Aufenthalt neulich in Vaters Arbeitszimmer. Ich denke an den altehrwürdigen Schreibtisch. Und an den schwarzen Ledersessel.

Die Pfeife raucht im schwarzen Sessel. Kein Raum, kein Hauch für Widerworte.

Der Ritter durfte seinem Vater nicht widersprechen. Seinem strengen und polternden Vater im schwarzen Ledersessel.

Nun fällt mir auch mein Besuch bei Dr. Frank wieder ein. Und das Skelett. Es ließ sich kurz blicken und nahm ebenfalls auf einem schwarzen Ledersessel Platz.

Und ich erinnere mich noch genau an meine Gedanken, an diesem Abend, nach meinem Besuch bei Dr. Frank, als ich nach Hause ging und an Veras Haus vorbeikam. Als ich überlegte, warum das Skelett dabei sein wollte bei meinem Gespräch mit Dr. Frank. *Es wollte dabei sein, wenn man über Tränen sprach. Über Tränen, die heilen.*

Der strenge und polternde Vater. So stelle ich mir Dr. Maximilian Roth vor, meinen Großvater. Ich habe ihn nie kennengelernt. Er ist gestorben, als ich noch ganz klein war.

Als ich ganz klein war … Als ich in irgendeiner Krippe lag … Mit einem weiteren Kind.

Ich denke daran, wie ich mit meiner Hand den Schreibtisch berührte. Großvaters Schreibtisch. Der Vater so heilig ist. Wie er noch immer in Vaters Arbeitszimmer thront. Der Tisch. Und irgendwie auch der Großvater.

Ich kann das Holz dieses Schreibtischs in diesem Moment in mir spüren.

Ich schließe meine Augen. Und ich sehe eine Kutsche. Sie wird von vier schwarzen Pferden gezogen. Auch die Kutsche ist schwarz.

Vor dem Gespann reitet ein einzelner Ritter. Auch er ist schwarz.

Es ist ein Trauerzug. Mein Großvater ist gestorben.

Voran sollst du mir schreiten, Sohn
Demütig, sacht, in frommem Ton
Dem Herrgott seist du mut'ger Künder
Um Einlass bitt' für mich armen Sünder

Der Sohn soll dem verstorbenen Vater voranschreiten? Dann ist der Reiter auf dem schwarzen Pferd entweder mein Onkel Jens. Oder Klaus. Mein Vater.

Mein Weihnachtsgeschenk, der *Schimmelreiter* von Theodor Storm, warum hat das meinen Vater derart aufgewühlt? Ich habe einmal mit angehört, dass mein Vater gerne Reiten gelernt hätte. Und dass Großvater das nicht wollte.

Aber vor seinem Sarg herreiten sollte er dann schon? Oder vielleicht doch Jens? Aber der hat doch mit Pferden auch nichts am Hut.

Ein fröhliches Lachen reißt mich aus meinen Gedanken. Vera kommt die Treppe wieder herunter. In ihrem violetten knielangen Wollpullover. Den scheint sie sehr zu lieben.

Ob sie auch den Mann liebt, der nun hinter ihr die Treppe heruntergeht?

Das Nachdenkliche und Traurige, das sie eben noch in unserem wortlosen Gespräch umgab, ist nun völlig aus ihrem Gesicht und auch ihrem Verhalten verschwunden. Sie strahlt.

Ihre Augen erzählen die knisternde Geschichte der vergangenen Nacht, die ich bereits von den beiden Rotweingläsern kenne.

Als beide unten im Wohnzimmer angekommen sind, blickt sie den Mann neben ihr mit einem vielsagenden Augenaufschlag an. Dann sieht sie mich an.

„Manuel, das ist Tom."

Der junge Mann lächelt mir freundlich zu. Er hat eine sportliche Figur, trägt Jeans und ein graues Kapuzensweatshirt. Damit sieht er fast so aus wie ich. Und wie alle Jungs bei uns in der Klasse.

Nun ist mir ein weiteres Mal klar, dass Heiner und Achim die schöne Vera höchstens ein bisschen umkreisen dürfen. Umkreisen und anschleichen dürfen sie sich. So wie ein Raubtier sich hungrig einer Menschensiedlung nähert.

Wird das Dorf jedoch gut bewacht und im richtigen Moment mutig mit brennenden Fackeln verteidigt – vor dem Feuer hat das Raubtier solche Angst, dass es sich lieber trollt. Der Hunger aber bleibt.

Heiner hält sich mit regelmäßigem Naschen über Wasser.

Aber Achim bleibt hungrig.

Er wartet jeden Tag auf seine Chance auf eine wirklich große Beute.

Wie Vater, denke ich mir. Der wird auch nie satt. Jeden Tag Fleisch. Das Essen ist ihm zu Hause das Wichtigste. Mutter hat Mühe, ihn satt zu bekommen.

Und Heiner und Achim – die beiden werden von Vera zwar bewirtet, bekommen selbstgestrickte Wollsocken geschenkt, dürfen mit ihr Rock'n-Roll-Musik spielen – aber das, was sie wirklich satt machen würde, das bekommen sie von ihr nicht.

Tom bekommt es.

Er darf sie berühren. Darf sie ansehen. Wenn sie den Gurt ihrer Gitarre löst. Und sich mit ihren langen Fingernägeln selber berührt.

Wie Vera nun neben Tom steht, so verliebt, sieht sie auf einmal viel jünger aus. Nicht so jung wie Tom. Aber – es ist das mädchenhaft Kesse, das aus ihren Augen strahlt und das sie jugendlich und übermütig erscheinen lässt.

Das Feuer in den Augen der Maid …

Das Feuer in Veras Augen würde wohl so mancher verschmähte Liebhaber nur allzu gerne in alle Ewigkeit vernichten.

Übermütig gejuchzt hat sie neulich auf ihrem Schlitten. Da war Tom wohl nicht dabei. Zumindest habe ich ihn nicht gesehen. Das übermütige Juchzen durften Achim und Heiner hören. Draußen.

Der Übermut im Schlafzimmer bleibt ihnen verwehrt.

Ob die beiden Tom überhaupt kennen?

„Hi Manuel. Na, alles klar bei dir?" Im Gegensatz zu seinem jugendlichen Aussehen klingt seine Stimme wie ein Reibeisen. Vermutlich raucht er.

„Danke. Passt." Der Standardspruch von Pausenhof und Klassenzimmer purzelt auf einmal aus mir heraus. Tom könnte wirklich einer von den Coolen an unserer Schule sein. Aber kein Schüler. Ein junger und cooler Lehrer.

„Spielst du eigentlich ein Instrument?", fragt mich der coole Lehrer.

In diesem Moment taucht das Bild von dem geheimnisvollen Stand auf dem Weihnachtsmarkt wieder vor mir auf.

An jedem Federchen glitzert zusätzlich etwas Silbernes, Goldenes, Buntes. Ein kleines Musikinstrument, ein Wollknäuel, Blumen, ein kleines Reh und andere Tiere.

Alles, was in diesem Stand war, ist mir hier bei Vera begegnet. Auch Musikinstrumente.

In Veras Haus habe ich all das, was die Federn in der geheimnisvollen Hütte mit sich schweben ließen, angetroffen. In ihrem Haus. Und in meinen Träumen und inneren Bildern.

Seit ich in Veras Nähe bin, gibt es keine Grenzen mehr. Nicht zwischen gestern, heute, morgen. Alles ist zeitlos, alles greift ineinander. Auch der Raum hat keine Grenzen. Ich spüre in meinem Zimmer, wie es ist, wenn sie einen Mann verführt. Einen Mann wie Tom. Ich kann in einer Daune das Blut erkennen, das Leid, welches das Tier ertragen musste, dem sie auf grausame Weise entrissen wurde. Und ich spüre beim bloßen Gedanken an Großvaters Schreibtisch eine Geschichte. Eine alte Geschichte. Die jedoch nachwirkt. Bis in diesen Moment. Und noch weiter.

Wenn ich etwas berühre, das aus der Natur kommt – dann höre, sehe und spüre ich eine Geschichte.

Ich erinnere mich an die Frage von Dr. Frank, was mir denn helfen würde, wenn ich mal traurig bin. Und ich antwortete ihm: *Es hilft mir, etwas zu berühren, das in der Natur ist.*

Wie bei der Daune. Oder wie bei den Kastanien, die mir vom Herbst erzählen. Von einem verliebten Paar im Wald: Vater und sein trauriges Aschenputtel.

Gleichzeitig tröstet mich die glatte und kühlende Schale der Kastanien, wenn ich von Vater Saures bekomme.

Alles fließt nun ineinander. Alles ist durchlässig geworden.

Wie die Hecke in Veras Garten. An der ich wenige Tage vor Heiligabend entlanggegangen bin. Im Sommer stets dicht bewachsen, vernahm die Hecke im Herbst und Winter wohl den Ruf, nun den Blick zu lenken in eine andere Welt.

Die neue Durchlässigkeit einer über lange Zeit gewachsenen Grenze, dachte ich an diesem Abend.

Ich weiß noch genau, wie der Schnee von den dürren Zweigen der Hecke auf meinen Mantel rieselte. Und vom Mantel in meinen Hals. Aus dem Schnee wurden Tropfen, die meinen Rücken entlangliefen.

Der Schnee ist das Gedächtnis der Welt, sagte Vera. *Die Wassertropfen sind das Leiden der Welt.*

Als mich der Schnee von Veras Hecke berührte, knackten die Holzscheite auf ihrer Terrasse. Das Feuer vernichtete das Holz.

Die Anmut, die er einst gekannt
Das Feuer in den Augen der Maid
Vernichten soll in alle Ewigkeit

Das Feuer soll die Anmut vernichten.

An jenem Abend auf Veras Terrasse glich das Feuer einer Art von Zeremonie. Vera stand so nah an den Flammen, dass sie beinahe selbst Feuer fing. Tränen rannen über ihr Gesicht. Es kam mir vor wie eine Andacht. Im Gedenken an einen lieben Menschen. Einen verstorbenen Menschen.

Es war eine Trauerzeremonie.

Ich erinnere mich an das Begräbnis meiner Großmutter. Die letzten Worte des Pfarrers am Grab waren: *Der Herr lasse sein Angesicht leuchten über dir und sei dir gnädig. Erbarme dich des Menschen, den du als nächsten aus unserer Mitte vor dein Angesicht rufen wirst.*

Auch Vaters Freunde waren auf dieser Beerdigung dabei. Die ganze Studien- und Fußballtruppe. Ich kann mich gut erinnern, wie sie alle um meinen Vater standen, ihn umarmten, ihm Trost zusprachen.

Alle waren dort. Bis auf einen. Ich kann mich deshalb so genau daran erinnern, weil es das einzige Mal in meinem Leben war, wo ich auf Vaters Schoß sitzen durfte. Ich weiß nicht mehr, wie es dazu kam. Es war beim Leichenschmaus. In einem Lokal.

Anne und Jens saßen auch an unserem Tisch. Und irgendwann sagte Anne: *Also, dass Bernhard nicht gekommen ist, das nehme ich ihm wirklich übel. Facharztfortbildung hin oder her.* Und jemand anderes ergänzte noch: *Er hat sich doch sowieso ins gemachte Nest gesetzt. Schon der alte Dr. Frank hat sich eine goldene Nase verdient.*

Der alte Dr. Frank! Nun weiß ich, wer Bernhard ist. Der Bernhard, der auch etwas vom *Schimmelreiter* weiß. Dr. Frank.

Ich denke an die Geschichte, die Vera mir vorgesummt hat:

Den Bewohnern eines Dorfes an der See ist ihr Deichgraf nicht geheuer. Seit er auf seinem wunderschönen Schimmel reitet. Einem finsteren Gesellen hat er das Pferd abgekauft. Da war es abgemagert, heruntergekommen, krank. Die Leute glauben nicht, dass man ein todgeweihtes Pferd derart aufpäppeln kann. Das geht doch nicht mit rechten Dingen zu, sagen sie. Der Bürgermeister berichtet von der Hallig Jeverssand. Ein Pferdeskelett, das dort lag, sei verschwunden. Beim Dorfwirt sind sich alle einig: Der Deichgraf hat das Gerippe wiederbelebt. Er muss mit dem Teufel im Bunde sein!

Der Tod seiner Mutter muss meinem Vater sehr zugesetzt haben. Sie hat wohl immer zu ihm gehalten. Alle haben sie unter der Machtherrschaft des Dr. Maximilian gelitten.

Meine Mutter war eine sehr gläubige Frau, hat Vater einmal erwähnt.

Ich denke wieder an das Holzmonstrum von Schreibtisch in Vaters Arbeitszimmer. Dort saß der Alte, als er sein Machtwort gegen die große Liebe meines Vaters sprach.

Das Holz des Schreibtischs erinnert sich an die Anmut des Aschenputtels. Und an seine Vernichtung. Die junge Frau ist gestorben. Kurz nach dem Machtwort des Familienpatriarchen.

Und der Reiter auf dem schwarzen Pferd ist mein Vater. Ganz sicher. Wie auch immer er zu einem Reiter oder Ritter wurde. Und die Frau auf dem Foto ist sein geliebtes Aschenputtel.

Mein Vater ließ sich immer vor seines Vaters Wagen spannen. In jeder Hinsicht. Bis zuletzt. Selbst als

Toter im Sarg trieb der Alte seinen Sohn noch vor sich her.

Was für ein Sklavendasein für meinen Vater, welch unfreies Leben.

Sein Bruder Jens dagegen ist Künstler geworden. Maler.

Mein Vater, wenig verwunderlich, ist Richter, wie auch Großvater es war.

Wird Wächter über Schimpf und Schand ...

Nein, kein Polizist ist Vater geworden. Er kämpft in einer Robe.

Doch sollte ein Richter nicht für Ausgleich sorgen? Für Gerechtigkeit?

In den Kampf ziehen ist ganz sicher nicht die Aufgabe eines Richters. Aus diesem Richter ist ein Jäger geworden. Der um sich schießt, sein Herz verteidigt, das gebrochene, und es mit einem hohen Holzzaun verriegelt.

Selber so geschunden und gleichzeitig jederzeit bereit, zu schinden – all jene, die es wagen, die Festung um sein Herz ins Wanken zu bringen.

„Ob du ein Instrument spielst, Manuel ..." Vera wiederholt Toms Frage.

Ich schüttle den Kopf.

„Schade. Aber was nicht ist, kann ja noch werden." Tom zieht die Augenbrauen hoch. „Komm mal mit in den Keller."

„Der Keller, der keiner ist", platzt es aus mir heraus, während ich hinter Tom die Treppe nach unten gehe.

„Wie meinst du das? Ach so, du meinst, weil es hier so hell ist, wegen der Konstruktion mit der Loggia und dem Baum? Ja, Vera ist echt genial."

Nun stehe ich wir wieder im Thronsaal der Musikinstrumente.

Ich zeige auf die rote Gitarre, die im Vordergrund in dem Gitarrenständer steht. „Ist das Veras Gitarre?"

„Das? Nein. Vera spielt Bass."

Der Rhythmus! Eigentlich klar, dass sie Bass spielt.

Dann ergänzt Tom, mit einer Stimme, als stünde er eben auf einer Konzertbühne vor einem tosenden Publikum: „That's our Vera The Rhythm Holl!"

Tom geht zu der schwarzen Bassgitarre, die im Hintergrund an der Wand lehnt. Er nimmt sie und setzt sich damit auf einen Hocker. „Komm. Nimm dir auch einen Hocker und setz dich zu mir."

Der Bass liegt quer über seinen Beinen. „Der Bass ist das Wichtigste Instrument einer Band. Hast du das gewusst?"

Ich schüttle den Kopf.

„Ich weiß nicht viel über Musik. Aber …"

Tom sieht mich neugierig an. „Aber?"

„… Ich kann mir vorstellen, wie wunderbar es sein muss, sich mit guten Tönen zu umgeben."

Tom nickt nachdenklich. „Ein toller Satz von dir. Den muss ich mir merken."

Ich denke an den Klang unserer Kirchenglocken. Wie gut mir ihre Töne tun.

„Wenn du magst, kann ich dir gerne mehr über Musik erzählen. Ich bin Musiklehrer."

„Oh. Ja. Das wäre schön. Und welches Instrument spielst du?"

„Klavier. Gitarre. Und Flöte. Aber am liebsten Gitarre."

Ich deute auf die rote Gitarre. „Ist das deine Gitarre?"

Tom schüttelt den Kopf. „Nein. Die gehört Heiner. Aber ich leihe sie mir manchmal aus. Wenn er nicht da ist. Aber pssst. Nicht weitersagen..."

15 Die Kunst der tausend Fäden

„Na, Ihr zwei? Alles klar bei euch?" Vera streckt ihren Kopf ins Musikzimmer herein.

Tom und ich nicken.

„Ich bin nebenan. Falls mich einer von euch suchen sollte." Sie zwinkert mir zu.

„Das könnte durchaus passieren." Tom blickt Vera vielsagend an. „Ich melde mich, wenn ich ein bisschen Nachhilfe bei der Gitarre brauche."

Vera lächelt ebenfalls vielsagend. Und sieht gleichzeitig sehr ernst aus.

Wie in dem Lied *Marcia baila* von *Les Rita Mitsouko*.
Du liebst so sehr das Leben.
Doch welche Kälte ist es, die man in dir spürt?

Dann zieht sie die Tür hinter sich zu.

„Tom, ich bin gleich wieder hier. Ich möchte Vera kurz etwas fragen."

„Kein Problem. Ich warte hier auf dich und zupfe ein bisschen an Heiners Gitarre herum."

Ich rutsche von meinem Hocker. Im Hinausgehen fällt mein Blick auf ein Sofa in der Ecke hinter der Tür. Zwei Wäschestapel liegen darauf. Einer mit Bettwäsche. Einer mit Handtüchern.

Als ich durch die Tür des Musikzimmers wieder in den weiten Kellerraum komme, sehe ich Agnes gerade von dem hohen Kastanienbaum in den Wintergarten herunterklettern.

Geschickt und lautlos landet sie auf der blanken Erde – im Wintergarten gibt es weder Fliesen, Holzboden noch Teppich. Mühelos gleitet sie herab. Schwerelos. Geschmeidig und anmutig. Genau so, wie sich auch ihr Frauchen bewegt. Das elegante weiße Wollknäuel tapst auf mich zu und schmiegt sich an meine Beine. Ich streichle das seidige Fell. „Na, Agnes, warst du wieder aus? In deinem schicken Pelzmantel. Du schöne, du feine, du weiche Schneeflocke."

Mit Agnes ist eine seidige Schneeflocke, eine flauschige Feder, ein fein gewebtes weißes Wolltuch auf der braunen Erde in Veras wundersamer Wintergartenkonstruktion gelandet.

Ein Wintergarten, von dem aus ein Kastanienbaum durchs ganze Haus wächst. Ein riesiger Kratzbaum für Agnes. Ein Turm in die Freiheit.

Ich denke an das Feuer auf Veras Terrasse. Das ich vor wenigen Tagen durch die Hecke flackern sah. Die Flammen vollführten einen sonderbaren Tanz. Sie wollten nach oben. Sie formierten sich zu einem zuckenden, lodernden Turm.

Wollten auch sie in die Freiheit?

Ein unruhiges Strecken. Ein Wegwollen. Nach oben. In die Nacht.

Zielgerichtet. Dorthin. Nur dorthin. Nach oben.

Sehnend. Flehend.

Dieses verzweifelte Strecken der Flammen an jenem Abend – ich beobachtete es. Ich ahnte Verzweiflung, ahnte Schmerz. Die Tränen in Veras Gesicht machten aus der Ahnung Gewissheit.

Menschen stehen gerne hinter Hecken. Auf einem Beobachtungsposten im Verborgenen.

Es hat jemand zum Himmel geschrien.

Um Hilfe geschrien. Hätte ich helfen können? Was hätte ich tun sollen? Ich bin doch nur ein kleiner Junge.

Merkwürdig. So fühle ich mich gar nicht mehr. Seit ich in Vaters Arbeitszimmer dem *Schimmelreiter* und dem Foto der schönen jungen Frau begegnet bin. Dieses Bild und das gelbe Büchlein haben in mir etwas in Gang gesetzt.

Ich bin mutiger geworden seitdem. Hätte ich mich sonst getraut, die Milchspuren im Spülbecken zu belassen? Den unsichtbaren Holzzaun vor Leas Zimmer zu überklettern und den verbotenen mittelalterlichen Raum zu betreten? Einfach so für mehrere Stunden aus dem Haus zu gehen?

Nach dem Aufenthalt im Arbeitszimmer war mir seltsam feierlich zumute. Und seltsam leicht.

Ich erinnere mich, dass ich kurz danach von meinem Zimmer aus Agnes beim Tapsen durch den tiefen Schnee in unserem Garten beobachtete. Ich sah ihre Spur.

Und mit dem Schnee in meinem Blick dachte ich gleichzeitig an die Spur eines Rehs im Herbstwald. Mein Blick streute feinen weißen Schneestaub auf die Tritte, die das Reh im Herbstwald hinterlassen hat. Als es verliebt war. Als es ein junger Mann küsste. Als der Wald erfüllt war vom Duft der frischen Pilze.

Ich erkannte, dass es eine Fluchtspur war. Und wusste nun, dass dieses Reh im Wald um sein Leben lief.

Ob es vor seinem Tod auch zum Himmel geschrien hat?

Der Schnee ist das Gedächtnis der Welt.

Er bringt die Erinnerung zurück. Er macht das Verborgene und das Vergangene sichtbar. Wenn wir uns wirklich erinnern und wenn wir wirklich sehen wollen.

Mit einem Blick, der berührt. Und der sich berühren lässt.

Mit dem Blick des Herzensdetektivs.

Es geht um die Geschöpfe des Herbstwaldes.

Sie wissen, dass sie gejagt werden. Wissen, dass sie mit Verfolgung und Tod rechnen müssen.

Weil sie anders sind. Weil sie mutig sind. Wild.

Sie führen das Leben, das mein Vater mit seinem Zaun abriegeln möchte. Es sind die Aschenputtels aus dem Mittelalter, aus Leas Vitrine.

Sie akzeptieren die Natur als gnädigen Taktgeber ihres Daseins, ihrer Bestimmung. Sie leben ihre Individualität, ihre Begabung, ihre Triebe.

So zu leben, ist das Gesetz der Natur. Und das großartige Geschenk der Natur.

Doch Geschenk und Gesetz anzunehmen, danach zu leben, braucht Mut. Die Bereitschaft, hinter einem Zaun zu leben. An dem das Dorf jeden Tag aufs Neue baut.

Die wilden Geschöpfe sind darin eingekesselt. Zum Abschuss freigegeben.

Mit der Entscheidung für ein Leben in Wildheit hat man sein eigenes Todesurteil gesprochen.

Denn im Dorf des Mittelalters regiert der Blick des Nachbarn:

Die Jahre zieh'n ins Land, mein werter Vetter
Ich rat euch gut, sucht jetzt schon einen Retter
Eur' prächtig Haus, die Tochter kann's allein nicht walten
Aus Mitleid wohl mein Sohn tät um ihr' Hand anhalten

Und der Blick des Pfarrers:
Ich sehe wohl, hier wohnen keusche, anständ'ge Leut
Erlassen sind im Jenseits die Qualen, wenn Ihr bereut

Drum lasst in meinem Säckel Goldstücke erklingen
die Seel' wird dankbar aus dem Fegfeuer springen

Wo immer Triebe und Individualität mit Gewalt abgeriegelt werden – da trifft der Einblick in ein Leben hinter dem Zaun ins Mark. Dann brechen Neid und Missgunst sich Bahn. Und Axt und Gewehr liegen nicht weit.

Die wilden Geschöpfe sind einsame Seelen auf Erden. Denn die Mehrheit gibt dem Kaiser recht in seinen *neuen Kleidern* – wenn er auf seine Unterwäsche deutet und von der Pracht seines Festtagsgewands schwärmt.

Welch' Muster, welch' Farben, wie es kleidet, wie es sitzt
Ein wahrhaft meisterliches Stück
Hoheit – wie wollt Ihr jemals gerecht lohnen
Wie Weber und Schneider euch hier lassen thronen

An jenem Abend, als die gequälten Flammen den grausamen Tanz ihrer Befreiung tanzten und sich zu einer himmelschreienden Feuersäule auftürmten, spürte ich, dass rund um das Feuer überall Jäger standen. Sie tranken Wein. Sie aßen Fleisch. Sie feierten und johlten.

Das Wild war endlich erlegt. Oder es befand sich noch im Todeskampf.

Die Jäger in jener Nacht – sie hatten Blut an ihren Händen.

Sie hatten den Gänsen ihre feinen Daunen bei lebendigem Leibe herausgerissen, mitsamt ihrer jungen Haut.

Auch der Jäger in meinem Traum vergangene Nacht hatte Blut an seinen Händen. Und der Jäger war mein Vater.

Der Wächter über Schimpf und Schand
Hält treu des Vaters Axt in seiner Hand
Die Natur will Opfer, so ist's der Brauch!
Hoch die Tassen, lasst füllen unseren Bauch
Natur – das ist die Gefahr im dunklen Wald
Ich führ nur aus, was in der Kirche widerhallt
Wer keusch und gottesfürchtig den Anstand mehre
Nur dem gebührt Ruhm, Wohlstand und Ehre
Des Pfarrers heil'ges Wort nur zählt
Mit dem Teufel hast dich heimlich vermählt
Entsage ihm, du erbärmliche Brut
Sieh dort, dein Platz auf der feurigen Glut

Das Wild kann versuchen, zu fliehen. Es kann hoffen, Unterschlupf zu finden.

Doch irgendwann muss es der Wahrheit ins Auge blicken.

Irgendwann ist es soweit. Und es steht ihm gegenüber, seinem Henker.

Vera hat an diesem Abend all der grausam ermordeten wilden Geschöpfe gedacht. Sie ist mit ihnen verbunden.

Sie ist eine von ihnen.

Auch Veras Keller kam in meinem jüngsten Traum vor. Der Keller, der keiner ist. Der Garten, der einerseits oben ist und zugleich unten.

Alle Grenzen verschwinden.

In meinem Traum bin ich an silberfarbenen, fast durchsichtigen Wollfäden emporgeklettert und im Wind geschaukelt. Irgendwann bin ich am Fenster eines hohen Turmes angekommen. Dort habe ich Rapunzel getroffen. Sie war eine Puppenspielerin. Und ich kann mich an verschiedene Tiere erinnern: Einen Wolf, ein Reh und einen Schimmel, der zuvor ein Skelett war.

Es waren die Tränen des Wolfes, die das Skelett heilten. Die es zurück in einen Schimmel verwandelten.

Es waren Veras Tränen.

Die Tränen der Wölfin.

Den Bewohnern eines Dorfes an der See ist ihr Deichgraf nicht geheuer. Seit er auf seinem wunderschönen Schimmel reitet. Einem finsteren Gesellen hat er das Pferd abgekauft. Da war es abgemagert, heruntergekommen, krank. Die Leute glauben nicht, dass man ein todgeweihtes Pferd derart aufpäppeln kann. Das geht doch nicht mit rechten Dingen zu, sagen sie. Der Bürgermeister berichtet von der Hallig Jeverssand. Ein Pferdeskelett, das dort lag, sei verschwunden. Beim Dorfwirt sind sich alle einig: Der Deichgraf hat das Gerippe wiederbelebt. Er muss mit dem Teufel im Bunde sein!

Vera wird es ergehen wie dem Deichgraf. Beim Dorfwirt werden sich alle einig sein: Sie muss mit dem Teufel im Bunde sein.

Vater wird dabei sein.

In meinem Traum hat er versucht, das Skelett zu umarmen und das Reh zu streicheln. Doch seine blutigen Hände griffen ins Leere.

Das Reh ist die Frau auf dem Foto.

Sie ist eine von ihnen.

Meine Hand darf nun diese wundervolle Katze streicheln. Sie scheint die Berührungen richtig in sich aufzusaugen. Als ob sie bisher bei Liebkosungen zu kurz gekommen wäre. Doch an Vera kann es nicht liegen. Ob Agnes vorher bei anderen Leuten gewohnt hat?

Als Achim neulich so eifersüchtig auf Agnes reagiert hatte, sagte Vera: *Vielleicht hat sie schon genug gelitten. Und darf es dafür jetzt umso schöner haben.*

Diese geheimnisvolle weiße Agnes – nun hat sie die Augen geschlossen. Man hört keinerlei Schnurren. Sie ist ganz still. Fast bewegungslos. Nur ihr kleiner weicher Bauch gibt den Rhythmus des Atems widder. Regelmäßig. Zuverlässig. Herzschlag für Herzschlag. Schlag. Auf Schlag. Auf Schlag.

Mit einem Mal wird das seidige Gefühl beim Streicheln ihres Fells weniger. Es weicht zunehmend etwas Rauem. Hartem. Jetzt tut es mir weh. Was ist das nur?

Schnell nehme ich die Hand von ihr.

Meine Handfläche ist voller Blut.

Mein Herz tut mir weh. Tränen steigen mir ins Gesicht.

Agnes sieht mich mit ihren grünen Augen an. Dann tippelt sie langsam wieder zum Stamm des Kastanienbaums. Anmutig und geschmeidig war sie ihn eben heruntergeklettert. Nun schwingt sie sich wieder nach oben.

Ein Wind kommt auf.

Ich blicke Agnes nach und sehe, wie sie sich verändert – auf ihrem Weg, den sie, zunächst am Stamm, später auf den immer dünner werdenden Ästen, zurücklegt.

Denn die Katze ist schnell verschwunden. Stattdessen wedelt der buschige Schwanz eines Eichhörnchens. Auch das ist schnell wieder weg. Nun sehe ich eine Eule auf einem dicken Ast thronen. Sie wird gleich wieder von einer Amsel abgelöst, die sich ein paar Äste weiter oben blicken lässt. Schließlich grüßt noch ein kleiner Spatz. Bis ich nur noch einen Bienenschwarm umherschwirren sehe, der immer höher steigt und sich irgendwann am blauen Himmel nur noch erahnen lässt.

Doch wenn ich die Augen schließe und der Stille lausche, kann ich ihn noch immer summen hören.

Agnes ist eine von ihnen.

Ich sehe mich um. Wo ist Vera? Gleich nebenan, sagte sie. Und ja – hier gibt es noch eine weitere Tür.

Ich klopfe.

Vera antwortet:
Dir meine Tür ich nicht verwehre
Denn dir gebührt die wahre Ehre

Verdattert öffne ich die Tür. „Das reimt sich …"
„… auf dein Gedicht. Ich weiß. Komm, setz dich zu mir."

Verdattert betrete ich den Raum. Vera sitzt in einer Art von riesigem Holzkasten. Hoch, quer und schräg sind überall Holzbalken um sie herum angebracht. Sie sieht aus wie eine Gefangene. Der Anblick ist schrecklich für mich.

Ich habe Angst um sie. „Vera! Warum sitzt du hier? Was um Himmels willen ist das?"

Vera lächelt. Lachen tut sie nicht. „Das ist ein alter Webrahmen, Manuel."

„Tut das weh?"

Jetzt lacht sie doch. Aber nicht so wie sonst. „Nein. Das ist doch kein Foltergerät."

Noch nicht, denke ich, und erinnere mich daran, wie ich der Fährte des fliehenden Rehleins nachspürte:
Zu spät erkannte das Rehlein, was der glänzende Turm auf dem Kirchplatz wirklich war: Ein Blutgerüst.

„Es sieht aus wie eine Orgel."

„Das ist ein schöner Vergleich", sagt Vera.

Ich setze mich zu ihr auf die hölzerne Sitzbank, die mit der ganzen Konstruktion verbunden ist.

„Das hier sind die Tasten meiner Stofforgel."

Ähnlich wie bei einem Klavierflügel sind dicht nebeneinander jede Menge Saiten, also Wollfäden angeordnet.

Und über einen Teil dieser Fäden spannt sich ein gelb-braun gemusterter Wollstoff.

Ich kenne dieses Tuch.

„Das hier sind die so genannten Kettfäden. Und die gelbe und braune Wolle wird darin eingefädelt."

„Es ist wie eine Strickmaschine."

Vera nickt. Sie nimmt einen länglichen Holzklotz, ungefähr so lang wie mein großes Lineal in der Schule. Der Holzklotz ist innen hohl und läuft vorne und hinten spitz zu. Dann legt sie eine mit gelber Wolle umwickelte Holzspule hinein, zieht an einem dünnen Seil und … sssssst … saust die Spule durch die aufgespannten Kettfäden.

„Und was das Schiffchen hier mit dem Faden der Spule quer durch die Kettfäden schießt – das sind die Schussfäden."

Dann macht sie etwas mit ihren Füßen. Ich bücke mich.

Ihre nackten Füße stehen auf Holzscheiten.

„Es ist tatsächlich ein bisschen wie bei einer Orgel, siehst du? Mit den Pedalen kann ich verschiedene Fäden entweder heben oder senken. So entstehen Muster."

Dann nimmt sie eine braun umwickelte Spule, zieht wieder an einem dünnen Seil und … sssssst … saust auch diese Spule durch das Fadengerippe.

Du kennst dieses Tuch, Manuel.

Ja. Es ist das heilende Tuch, das Tuch, das die Bienen gewebt haben. Als meine Mutter verbrannte.

Vera – wo ist meine Mutter?

Denke zuvor noch einmal an den Tag mit dem heilenden Tuch.

Zuerst kam der Wind.

Vera nickt. *Und dann?*

Dann die Bienen.

Und deine Gedanken danach?

Nun kommt sie mir vor wie eine Lehrerin.

Der unsichtbare Platzanweiser. Der unsichtbare Webstuhl. Dann das Tuch. Das sichtbare.

Sehr gut.

Sie blickt mich nicht an bei ihrem stillen Lob.

Das Lob ist still. Und auch unsere Unterhaltung ist es.

Nun zu deiner Mutter. Dafür benötige ich jemanden aus dem Olymp. Einen alten Bekannten von dir. Herakles.

Im alten Griechenland lebte einst eine ausnehmend kluge und schöne Frau. Sie hieß Alkmene. So schön war sie, dass sich Göttervater Zeus in sie verliebte. In Gestalt ihres Ehemannes verführte er sie und zeugte mit ihr Herakles. Wenig später gaben sich der wirkliche Ehemann und seine Alkmene der Liebe hin – und es wurde ein weiteres Kind gezeugt: Iphikles.

Dann hat Alkmene also zwei Söhne geboren. Zwei Zwillingsbrüder.

Genau so ist es.

Manchmal denke ich, dass ich auch einen Zwillingsbruder habe. In unserer Weihnachtskrippe sah ich zwei Kinder liegen.

Du bist jetzt soweit. Drum hör mir weiter zu.

Mit Hilfe der Daune unter deinem Kopfkissen hast du die feinen silbernen Fäden entdeckt, die ich für dich gesponnen habe. Es sind die Kettfäden an meinem Webstuhl. Du bist an ihnen emporgeklettert. In Rapunzels Turm. Dort hast du den Wolf getroffen und das Reh. Und den Schimmel, der zuvor ein Skelett war.

Nun will ich aus vielen kostbaren Schussfäden ein heilendes Tuch weben.

Die Schussfäden hast du gesponnen, Manuel. Ohne es zu wissen.

Du weißt schon sehr viel. Aber noch wichtiger als das Wissen ist die Ahnung. Das Spüren. Das Wahrnehmen der Spur. Und auch dieser bist du gefolgt.

Mit dem Schnee, der in der Rauhnacht von meiner Hecke auf deine Schultern fiel, habe ich dir die Spur geschickt.

Und damit das Spüren.

Lass dir nun erzählen, was der Wind spürt. Was Schnee und Wasser spüren. Die Wolken, die weichen Federn der Vögel auf den Bäumen und das Summen der Bienen. Das Herbstlaub im Wald. Das lachende Herz einer tiefen Liebe. Was sie alle spüren – und was sie dir erzählen.

Deine Mutter und dein Vater sind Geschöpfe aus dem Mittelalter. Dein Vater stammt aus einem reichen Haus und liebte ein armes Mädchen. Doch Geld sollte zu Geld. Und so durfte dein Vater das arme Mädchen nicht mehr wiedersehen.

Was die Eltern deines Vaters nicht wussten: Das Mädchen erwartete bereits ein Kind von deinem Vater. Sie hatte sich einer heilkundigen alten Frau, die einsam in einer Hütte am Wald wohnte, anvertraut. Doch da die Wände im Mittelalter Ohren haben, erfuhren es die Eltern schließlich doch. Dein Vater jedoch weiß bis heute nichts vom Kind seiner großen Liebe.

Zur gleichen Zeit hatte deine Mutter ihre große Liebe in einem umherziehenden Minnesänger gefunden. Sie erlag dem liebreizenden Klang seines Gesangs. Und auch sie wurde schwanger. Doch auch sie sollte standesgemäß heiraten. Sie war Erbin eines großen Besitzes.

Und die geschwätzigen Lippen der mittelalterlichen Mauern trugen auch diese Kunde ins Dorf.

Dein Großvater vernahm's mit Freude. "Aus Mitleid" bot er den Eltern deiner Mutter die „Rettung der Familienehre" durch die Heirat mit deinem Vater an.

Und das Kind des Minnesängers?

Du weißt es.

Das bin ich.

Das Talent deines Vaters wohnt in dir. Besinne dich auf seine Kunst.

Nun höre weiter. Die Verbindung der beiden reichen Familien im Dorf war also beschlossen und eine festliche Hochzeit wurde ausgerufen. Doch in der einsamen Hütte am Wald war die Verzweiflung groß. Das arme Mädchen, das Aschenputtel, wie du es nennst, bat die heilkundige alte Frau um Rat. Nie mehr wollte das Mädchen ins Dorf zurückkehren. Sie wollte ihr Kind allein im Wald zur Welt bringen und dort mit ihm in der Natur leben. Die alte Frau verwandelte sie daher in ein Reh.

Noch immer tieftraurig über den Verlust ihrer großen Liebe streunte das junge hübsche Reh mit seinem Kind im Bauch eines Tages durch den Herbstwald. Da erblickte es einen jungen Mann beim Pilzepflücken. Seine Gestalt erinnerte es an den verlorenen Geliebten. Drum wagte es sich näher an ihn heran. Als er sich umdrehte und sie ansah, erschrak das Reh. Denn die Augen waren ihm fremd. Der Geliebte war es nicht.

In eiligen Sprüngen lief das Reh zurück zur Hütte der alten Frau. Es berichtete ihr von seiner enttäuschenden Begegnung im Wald. Und wie sehr es sich wünschte, seinen Geliebten und den

Vater ihres Kindes wiederzusehen. Die alte Frau kauerte sich zum Rehlein auf den Boden und sprach:

Du zartes Wesen und dein Kind
Hier ist dein Raum, dich niemand find't
Bis dass der Menschen Grausamkeit
Dich treibt in neue Herrlichkeit
Der Schutz, den ich dir kann gewähren
Ist nur ein Teil, den Rest, den musst du mehren
In dir entdecken das Wunder der Verwandlung
Denk dran in der schaurigen Gerichtsverhandlung

Der junge Mann mit dem Pilzkörbchen jedoch war dem Reh gefolgt. Er lauschte dem Gespräch an der Hütte. Lief nach Hause zu den Eltern. Und zum Bruder, dem Bräutigam. Der über alles geliebten Mutter vertraute er sich an.

Noch in derselben Nacht schlichen die Eltern zum Pfarrer in die Kirche. Ein Wiedersehen mit der Geliebten – niemals durfte es sein!

Der Pfarrer sprach:
Das Weib, das so viel Unglück euch gebracht
Bringt es mir, spüren soll es Gottes Macht
Erschleichen wollt's sich einen Platz am goldenen Teller
Das wird es büßen in der Kirche dunklem Keller

Als die alte Frau in der Hütte schlief, lockten die Eltern mit einer List das Reh des Nachts aus dem Haus. Plötzlich war der alten Frau nicht wohl. Drum stand sie auf – und fand des Rehleins Schlafplatz bereits leer. Sie eilte durch den Herbstwald. Nahm etwas Schnee aus einer Büchse und verstreute ihn auf dem Boden des Herbstwaldes. So konnte sie dem Weg folgen, *den das arme Rehlein genommen hatte. An der Form der Fußabdrücke im Schnee erkannte sie wohl, wie schnell es gelaufen war. Es war eine Spur der Todesangst.*

Mit Mistgabel und Gewehr trieben die Eltern das verzweifelte Reh ins Dorf. Im gehetzten Lauf schlugen seine zarten Hufe auf den harten Stein der engen Gassen. Es lief geradewegs auf den Kirchplatz zu. Dort stand schon der Pfarrer. Vor dem weit geöffneten Kirchenportal.

Er rief: Komm nur, mein Rehlein, hier wird dir nichts geschehen. Tritt ein in mein heiliges Haus!

Das Reh, am Ende seiner Kräfte, nimmt dankbar an des Priesters Worte
Der schließt mit lautem Knall die eiserne Pforte

Zitternd steht das Reh vor dem Altar. Davor postiert das schaurige Tribunal: Der Pfarrer hebt drohend die eiserne Kette. Des Bräutigams Mutter bringt eine Mistgabel zur Mette. Stolz trägt sie's vor sich her. Dahinter ihr Ehemann mit seinem Gewehr.

Die grünen Augen des Rehleins blitzen auf. Dort, die Stufen zum Kirchturm. Es schlägt einen Haken und läuft darauf zu. Nimmt Stufe um Stufe. Seine zarten Hufe klopfen an das Holz. Hört das Keuchen ihrer Verfolger hinter sich.

Schließlich ist das Reh ganz oben im Kirchturm angekommen. Es steht vor den riesigen eisernen Glocken.

Es schlägt die Stund', mein Herzschlag muss verklingen
Ich bitt' Euch Glocken, für die Welt mein Lied zu singen
Vom Lachen und Lieben, das Frauen wie mir verwehrt
Auf dass die Freiheit des Herzens eines Tages wiederkehrt

*Verwandeln mag sich Irrtum, Grausamkeit und Schmerz
Ihr Schwestern, holt uns ab, mein großes und mein kleines Herz
Der Liebesfaden, den ich spann, in meinem jungen Leben
möge ihn jemand finden, weiterspinnen und verweben*

Im Mondschein erkennt das Mädchen die Fratzen der drei Alten. Sie drängen sie an die Turmmauer. „Der Keller ist der Hölle näher. Dort ist dein Platz. Komm her, du Teufelsbraut."

Der Vater und der Pfarrer, mit Gewehr und eiserner Kette, gehen auf das Reh zu. Doch es schlägt wieder einen Haken.

„Was seid Ihr für Memmen, erbärmliche Tölpel!" Die Zacken der Mistgabel blitzen im Mondlicht. Dann sticht sie zu, die Mutter. Nicht einmal. Dreimal durchbohrt sie das große und das kleine Herz.

Es dauert noch eine Weile, bis die beiden Herzen aufhören zu schlagen. Ihr beider Leben vergeht in einem langgezogenen pochenden Schmerz. Auch das Sterben hat seinen Rhythmus. Und die wilden Tiere akzeptieren die Natur als gnädigen Taktgeber ihres Daseins.

Das Blut der beiden Rehe fließt über das trockene Holz am Boden des Glockenturms.

„Oh, Magda, was hast du getan!" Der Vater sinkt auf seine Knie. „Das haben wir doch nicht gewollt!"

„Schweig still! Deine Frau, das ist der wahre Mann in eurer Familie. Steh auf. Bezahl ein Goldstück mir für dein weibisches Gejammer. Oder willst du in der Hölle schmoren?"

Zu spät erreicht die alte Frau aus dem Wald die Hinrichtungsstätte.

Des Rehleins Mörder sind in der Dunkelheit verschwunden.

Die alte Frau kniet nieder neben dem blutigen Reh, legt ihre Hand auf seinen zarten Kopf und spricht leise:
Das Blut von Mutter Reh und ihrem Kinde
Vom Holz werden es waschen Regen und Winde
Die Botschaft wird wohnen in Wolken und Schnee
und leise summen das Lied von Liebe und Weh

Die Jäger sitzen wieder in ihren warmen Stuben. Die Mutter des Bräutigams, gleich nach ihrer Rückkehr hat sie mit ihrem zweiten Sohn gesprochen:
Was du gehört in der Hütte am Wald
dein Leben lang für dich behalt
Alles werd ich für dich tun, was immer es sei
Geliebte Mutter – unser Band ist gegossen in Blei

Still ist es im Zimmer.

Da sitze ich nun mit Vera an diesem besonderen Saiteninstrument. Als wäre ich bei der Klavierstunde.

Sie hat die Vitrine im verbotenen Zimmer aus dem Mittelalter geöffnet.

So viel Verklungenem hat sie endlich wieder eine Stimme gegeben. Töne. Mit ihrem wundersamen Fadeninstrument.

Sie legt ihre Hand auf meine rechte Schulter.
So hat es angefangen. Ich habe dich berührt. Mit Schnee von meinem Zaun.

Ja, so hat es angefangen. Ich wusste immer, dass ich fremd war in dieser Familie. Doch an diesem Abend kam das Spüren zu mir. Und die Spur.
Nun lass uns die Spur deiner Mutter betrachten.

Und die von Lea. Waren sie hier bei dir, Vera? Die beiden Wäschebündel im Musikzimmer …
Du bist ein wahrer Detektiv. Ja, sie waren hier. Und sind jetzt bei einer Freundin deiner Mutter.
Warum hat mir niemand etwas gesagt?
Deine Mutter hat keine Kraft mehr, Manuel. Sie ist sehr krank. Seit einiger Zeit kam sie heimlich zu mir. Dein Vater durfte es nicht wissen.
Ist sie wirklich meine Mutter? Warum konnte sie mich nicht lieben? Warum hat sie nur Lea geliebt?
Sie ist deine Mutter. Doch auch sie lebt hinter einem Zaun. Noch hat sie nicht die Kraft für ein selbstbestimmtes Leben. Doch vielleicht kommt sie irgendwann in Kontakt mit der Urkraft in ihr selbst. Falls nicht, wird sie an ihrem Leben zerbrechen.
Es ist seltsam. Ich hege keinen Groll gegen sie.
Du bist nicht umsonst in diese Familie hineingeboren worden.
In eine Familie von Jägern.
Jeder von uns wird immer mal wieder zum Jäger. Es kommt nur darauf an, das richtige Maß zu finden. Jeder von uns ist mal Opfer und mal Täter. Es geht um den Ausgleich. Das Gleichgewicht der Mächte.
Mein Vater, der Richter, findet diesen Ausgleich nicht. Wo ist er eigentlich? Auch er ist nicht mehr zu Hause.
Er ist bei seinem Bruder. Deine Eltern werden sich trennen.
Hat sein Bruder, Jens, wirklich bis heute das Geheimnis, das er beim Pilzepflücken belauschte, für sich behalten?
Ja. Er musste es seiner Mutter schwören. Dein Vater hat niemals etwas erfahren. Weder von dem Mord an seiner

großen Liebe. Noch von dem Kind. Aber er ahnt es. Er ahnt das Blut an den Händen seiner Familie. Er kann nicht mehr schlafen. Er träumt von Blut.
Meine Großmutter war eine Mörderin. Eine Henkerin.
Ja. Das war sie.
Wird mein Vater es ihr gleichtun?
Auch wenn es schwer verständlich sein mag: Er, der Verletzte, Blutende, dürstet selbst nach Blut. Ja. Er wird ebenfalls zum Mörder werden. Wie fast alle aus eurem Dorf. Ein Richter und ein Henker zugleich. Beim Dorfwirt werden sich alle einig sein: Vera Holl hat das Gerippe wiederbelebt. Sie muss mit dem Teufel im Bunde sein.
Welchen Knochenhaufen sie auch immer meinen. Was sie mir vorwerfen, ist letztendlich ihr eigenes ungelebtes Leben.

Ich blicke auf Veras nackte Füße. Wie sie auf den Holzscheiten des Webrahmens stehen.

Vera wird wieder eingehen in den Kreislauf. *Bald*, hat sie gesagt.

Als ich das Foto der schönen Frau und das *Schimmelreiter*-Büchlein in Vaters Arbeitszimmer entdeckt hatte und anschließend aus meinem Fenster auf den Schnee blickte, hatte auch ich Zugang zu diesem Kreislauf.

Meine Augen fühlten den Schnee. Sein Anderssein, seinen Trost, sein sich Verbinden mit all den anderen unzähligen Flocken. Und sein sich Verdichten zu diesem wundersamen weißen Tuch. Gewebt speziell für diese Jahreszeit. Bereit sich zu verschenken. Um jetzt zu wärmen, zu beschützen. Und sich im

Frühjahr wieder dem Lauf der Dinge zu überlassen. Zu schmelzen, zu vergehen. Zu Wasser zu werden. Zu neuer Nahrung für die Welt. So wie ich im Herbst die Kastanien fühle, ihre Geschichte, ihren Kreislauf, dem sie entstammen, verbinde ich mich nun mit dem Geheimnis der weißen Flocken. Jetzt sind es Flocken. Im Frühjahr wird es Wasser sein. Wird fließen, wird nähren. Doch muss vorher vergehen.

Ich denke an den Wintergarten nebenan. Veras Fadeninstrument hier – es ist wie der Wintergarten mit seinem Kastanienbaum.

Eine wundersame Konstruktion, die Geschichten erzählen kann.

Ich denke an das Pferdeskelett in meinem Traum:

Nun stellen sich in der Mitte des Teppichs einige der weißen Wollfäden auf. Als ob ein Wind darüberfegt. Die Wollfäden beginnen nach oben zu wachsen. Doch nicht so wie ein Grashalm wächst. Die Fäden verdicken sich und wachsen in Bögen aus dem Teppich heraus.

Man kann es zunächst nicht genau erkennen: Wo sind die Fäden? Wo sind die Bögen? Und wo ist der Teppich?
Doch nun ragen deutlich große weiße Bögen in die Höhe.
Es sind Knochen.
Es ist ein Skelett.
Ein Pferdeskelett.
Der Wolf nähert sich nun dem Skelett. Sein Kopf ist von grauem Haar bedeckt. Sein Körper mit weißen Federn.

Da hebt der Wolf zu einem schauerlichen Heulen an. Ganz nah steht er bei dem Pferdeskelett.

Nun legt er sich direkt daneben. Alle seine Pfoten greifen in die nach oben stehenden Knochen. Er scheint das Skelett regelrecht zu umarmen.
Noch einmal heult er laut auf. Seine Augen leuchten grün.
Deutlich kann ich erkennen, wie Tränen aus seinen Augen tropfen.
Sie tropfen auf das Skelett.
Da fängt das Skelett an, sich zu verändern. Es sieht zunächst aus, als würde Nebel aufziehen. Er wabert zwischen den Knochen. Dort bildet sich nun eine dünne durchscheinende Haut. Ein hauchfein gewebtes Tuch. Das schließlich immer dichter wird. Nun ist es ein weißes Fell.
Nun ist es ein Schimmel.
Er ist nicht tot.

Veras Fadeninstrument ist eine wundersame Konstruktion, die den Tod besiegt.

Noch einmal lässt sie das Schiffchen mit der gelben Spule durch die Kettfäden sausen … sssssst …

Die Bienen summen und weben am heilenden Tuch. Und auch hoch über dem Kastanienbaum schwirren sie umher, weben und erzählen die Geschichte von Agnes.

Von vielen Frauen erzählen sie. Von sehr vielen. Sie singen das Lied der traurigen Fadenspinnerinnen. Wie es sich das Rehlein in seiner Todesstunde gewünscht hat.

Verwandeln mag sich Irrtum, Grausamkeit und Schmerz
Ihr Schwestern, holt uns ab, mein großes und mein kleines Herz

*Der Liebesfaden, den ich spann, in meinem jungen Leben
möge ihn jemand finden, weiterspinnen und verweben*

Die Spinnerinnen dieser Welt nehmen den feinen Faden auf, den Frauen wie Vera, Agnes und das Rehlein in ihrer letzten qualvollen Stunde hinterlassen haben. Als Vermächtnis. Als Auftrag.

Ich denke an meinen Traum, in dem meine Mutter verbrannte. Als ich ihre Asche suchte, konnte ich sie nirgends finden. Stattdessen entdeckte ich ein lilafarbenes Tuch. Als ich das Tuch zurückschlug, lag darunter ein Brautstrauß.

Und die Hecke an jenem Winterabend, der alles veränderte, sie war eingestrickt in einen kuscheligen weißen Schal. Mit vielen Löchern.

Vera hatte sich besondere Maschen ausgedacht, ein besonderes Winterkleid. Damit hat sie den Zaun, hinter dem sie lebt, eingehüllt.

Nun weiß ich, dass sie die Strickerin ist, die alles umhüllt. Alles mit ihrer Liebe und Wärme einpackt. Die Häuser, die Bäume, die Eisfläche am See.

Der Schnee, den sie strickt, ist mollig warm.

Die Dächer der Nachbarhäuser … als würde die Heizung in ihren Kellern nicht ausreichen, um die Menschen darin zu wärmen, hatten sie sich über Nacht einen dicken weißen Schal stricken lassen und nun dankbar übergeworfen.

Sie strickt, sie webt – den Stoff, aus dem die Flocken sind.

Jeder Faden erzählt eine Geschichte. Im Winter ist die Zeit, sich zu erinnern. Sich vorzulesen. Die Stille zu verwandeln.

Vera strickt und webt aus den Fäden, die ihr geschickt werden. Von unzähligen Spinnerinnen.

Und Spinnern! Von mir hat sie auch Fäden bekommen, sagte sie.

Unermüdlich drehen sich die Spinnräder. Um zu verarbeiten, was die Ernte auf dem Feld einbrachte. Flachs, Baumwolle, Hanf.

Ein kostbares Faserbündel liegt in den Händen der Spinner. Das Spinnrad nimmt sich die Menge, die es haben möchte. Es ist der Taktgeber für die Verwandlung der Natur. Man muss sich überlassen. Einverstanden sein mit seinem Tempo, seinem Gesetz.

Wie das Reh, das sich selbst im Sterben noch dem Rhythmus der Natur überlassen hat.

Und die wilden Tiere akzeptieren die Natur als gnädigen Taktgeber ihres Daseins.

Der Faden entsteht zwischen den Fingern einer duldsamen Frau. Oder eines duldsamen Mannes. Mit dem Gespür für das Wechselspiel zwischen dem Festhalten des Fadens und dem Tempo des Spinnrads.

Ich glaube, man muss lange üben, bis man Fäden spinnen kann, die eine Geschichte erzählen.

Genauso, wie man lange üben muss, bis man Tränen weinen kann, die heilen.

16 Nur noch in Tönen atmen
(Clara Schumann)

Vor der Tür des Musikzimmers bleibe ich kurz stehen und lausche Toms Gitarrenspiel. Er probiert verschiedene Akkorde aus. Und singt leise dazu. Heiners E-Gitarre kam nicht zum Einsatz. Tom spielt auf einer akustischen Gitarre.

Mein Vater ist also ein Minnesänger. Jemand, der Musik macht. Und über die Liebe singt.

Ich denke an Apollon. An das Titelbild auf meinem Buch, das ihn, halbnackt, mit seiner Kithara zeigt.

Meine Mutter hatte sich in einen Künstler verliebt. In einen Kunstsinnigen. Sinnenfreudigen. Und musste einen *Wächter über Schimpf und Schand* heiraten.

Jetzt ist sie krank.

Mein Onkel Jens arbeitet als Künstler. Maler. Ob er meiner Mutter gefällt?

Kunst ist keine Tätigkeit. Kunst ist wie die Liebe. Kunst ist Liebe. Sie fließt aus deinem Herzen. Durch dich hindurch. Es gibt nichts zu tun. Nur zu sein.

Still sitzen, nichts tun, der Frühling kommt, das Gras wächst ganz von allein. Manuel, denk immer mal wieder an diesen wunderbaren Zen-Spruch.

Vera ... Was ist Zen?

Hinter der Tür, auf deren Klinke meine Hand bereits liegt, ist das Gitarrenspiel nun verstummt.

Und genau wie gestern ist es dort trotzdem nicht still.

Ich denke an das Innere des Raums. In dem Tom gerade sitzt. Und den ich gleich betreten werde. Dieser helle und klare Raum verströmt etwas Feierliches. Die Gitarren, das Schlagzeug – sie scheinen darin Hof zu halten. Sie empfangen zur Audienz.

Doch die Audienz hat nichts Pompöses an sich. Es ist nicht wie bei Franz von Assisi, als er von Alec Guinness, also von Papst Innozenz III., empfangen wird.

Die Audienz in Veras Musikzimmer hat nichts Gönnerhaftes an sich. Im Gegenteil. Der Raum ist kahl. Die Einladung erfolgt in aller Bescheidenheit.

Es ist eben eine Einladung. Und keine Vorladung.

Ein Angebot. Nur so eine Idee. Ein Vorschlag, einfach mal etwas auszuprobieren.

Ich denke an meinen Mitschüler Jonas. Er beschwert sich immer, wie anstrengend sein Klavierunterricht sei. Viel lieber würde er Fußball spielen. Aber seine Eltern hätten sich nun mal für das Klavier entschieden.

Ich denke an meinen Vater. Warum hat er sich nicht gewehrt gegen seinen übermächtigen Vater? Warum hat er nicht gekämpft?

Er hat es versäumt, in seiner Jugend zu kämpfen. Darum kämpft er jetzt.

Plötzlich beginnt der Raum hinter der Tür sich zu verändern.

An der rückwärtigen Wand hat sich eine Art von Podest, eine Bühne emporgeschoben. Eine kleine Treppe verbindet diese Bühne und ... den Rest. Was immer geblieben ist von Veras klingendem Refugium. In einem Keller, der keiner war.

Nun ist es ein Keller. In dem es von Moment zu Moment dunkler wird. Und seltsam eng.

Ich kenne diesen Raum. Wir waren hier zum Leichenschmaus nach Großmutters Begräbnis. Es ist der *Dorfwirt*.

Ein unangenehmer Geruch steigt in meine Nase. Es riecht nach Schweiß, nach heißem Fett und Gebratenem. Ganz ähnlich wie vor einigen Tagen am Bratwurststand auf dem Weihnachtsmarkt.

Und es riecht nach Urin. Es stinkt wie in einer Odelgrube.

Auf der Bühne haben sich drei schwarz gekleidete Männer eingefunden. Sie bilden eine regelrechte Formation. Ein Tribunal.

Aus der Einladung ist eine Vorladung geworden.

Ich sehe den Vorsitzenden Richter. Dr. Klaus Roth.

Daneben den Staatsanwalt: Achim. An seinem Schlagzeug.

Der beisitzende Richter hält eine E-Gitarre in der Hand. Doch Heiner ist es nicht. Es ist Dr. Bernhard Frank.

Ich kann nicht glauben, dass Dr. Frank an der Seite meines Vaters sitzt.

Manuel – wenn es dir mal nicht gut geht und du mit jemandem sprechen willst: Dann komm zu mir. Ich sehe Dr. Frank noch vor mir, als er mir das sagte. Damals. Nach dem Sehtest. In seiner Praxis.

Ich höre ein Knacken. Es kommt aus einer dunklen Ecke der eigenartigen Keller-Spelunke. Ungefähr aus der Richtung, wo zuvor das Sofa stand. Das Sofa ist nicht mehr da. Stattdessen erblicke ich einen alten Bekannten. Das Pferdeskelett kauert auf dem Boden. Es scheint das Geschehen auf der Bühne interessiert mitzuverfolgen.

Der Raum – er verwandelt sich unaufhörlich. Wird immer dunkler. Und immer kälter. Jetzt ist es richtiggehend klamm. Wie in einem alten Gemäuer.

Und merkwürdig: An den Gestank gewöhne ich mich langsam.

Nun fangen meine Augen zu brennen an. Ein rotes Flackern erfüllt den düsteren Raum. Von lodernden Fackeln an den Wänden steigt schwarzer Ruß auf.

Auf der Bühne steht nun ein großer alter Schreibtisch. Dahinter sitzt mein Vater. Mit einem zufriedenen Lächeln. Mit verschränkten Armen. In seinem schwarzen Ledersessel.

Es ist der Schreibtisch aus seinem Arbeitszimmer.

Vater trägt eine Halskrause und eine altmodische schwarze Kappe. Neben ihm steht eine zierliche Frau.

„Nur nicht müde werden, Frau Sperber. Oder wollen Sie Saures?" Ängstlich blickt ihn das verschreckte Persönchen von der Seite an und schüttelt nervös den

Kopf. Dabei fächert sie meinem Vater mit einem riesigen gelben Papier Luft zu. Ich kenne Frau Sperber. Sie ist Vaters Sekretärin.

Die beiden Richter und der Staatsanwalt, alle haben einen üppig beladenen Speiseteller vor sich stehen. Und einen Glaskelch. Gefüllt mit rotem Wein.

Achims Teller liegt auf der kleinen Drum seines Schlagzeugs. Auf seinem Schoß sitzt eine halbnackte Frau.

Dr. Frank hat die Gitarre quer über seine Oberschenkel gelegt und seinen Teller darauf abgestellt.

„Wir rufen die Zeugin Sandra Holl." Eine Stimme erklingt aus dem Dunkel.

Eine junge Frau tritt in den roten Schein der flackernden Fackeln. Sie hat ein zartes, hübsches Gesicht. Ihr langes blondes Haar fließt weich über ihren Rücken und ist mit einem weißen Stoffband locker zusammengebunden.

Sie trägt ein weißes, bodenlanges Kleid. Und unter dem Arm einen geflochtenen Korb.

Ich habe schon einmal gesehen, wie ein Kleidungsstück den Versuch unternahm, einen nackten Körper zu verhüllen. Einen vergeblichen Versuch. Auch diesem Kleid gelingt es nicht.

Der Stoff des Kleides besitzt einen eigenartigen Schimmer. Er leuchtet seltsam grell. Giftig. Unnatürlich.

Den weiblichen Rundungen, die sich darunter abzeichnen, tut der giftige Glanz jedoch keinen Abbruch.

Auch diese Hüften kommen mir bekannt vor.

Nun blickt die Frau in Richtung der Tür, hinter der ich noch immer stehe. Sie geht auf mich zu.

Doch dann biegt sie ab. Sie unterhält sich mit jemandem. Da bemerke ich, dass sich unterhalb der Bühne weitere Personen in dem dunklen Raum befinden. Trotz der Dunkelheit kann ich erkennen, wie die junge Frau immer wieder etwas aus ihrem Korb nimmt. Etwas Kleines. Weißes.

Reihum verteilt sie ihre Geschenke an die Umstehenden.

Schließlich bin auch ich an der Reihe.

Die junge Frau, Sandra, steht auf der anderen Seite der Tür. Wieder greift sie in ihren Korb. Dann nimmt sie meine Hand. Ihre Finger zu spüren, ist mir unangenehm. Sie sind kalt. Ich spüre ihre spitzen Fingernägel.

Die hat sie von ihrer Mutter.

Wie auch ihren anziehenden Körper. Der sich am liebsten nichts anziehen möchte.

Sie legt etwas Weiches in meine Hand. Ich senke den Kopf und führe die Hand ganz nah an meine Augen. Es ist eine weiße Daunenfeder. An der ein Faden und eine bunte kleine Kugel aus Wolle befestigt sind.

Ich erkenne die Feder sofort wieder. Ich habe sie in dem sonderbaren Stand auf dem Weihnachtsmarkt schweben sehen. Zusammen mit einer ganzen Schar von Federn, die einen geheimnisvollen Schneeflockentanz vollführten.

Als ich Vera auf diesen Stand und seine Flocken ansprach, hörte sie auf zu lächeln und sprach den lautlosen Satz: *Er gehört meiner Tochter.*

Und ich erinnere mich an das, was ich fühlte, als ich vor der Hütte stand und dem Tanz der weißen Flocken an ihrem unsichtbaren Faden zusah:

Doch wer hat ihnen ihren Platz gegeben? Wer ist der Weihnachtsbastler?

Was für ein wunderbarer Stand. Wie eine eckige Schneekugel. Ja, als ob ich mitten in einer Schneekugel stehe.

Eine Kugel. Ein Schuss. Die Jäger, sie johlen.

Deutlich sehe ich die Jäger vor mir. Es sind unglaublich viele. Nahezu das ganze Dorf.

Nun hebt die Frau ihren Kopf. Ihre langen blonden Haare geben allmählich den Blick auf ihr Gesicht frei. Und es schaudert mich. Aus tief eingefallenen Augenhöhlen schlagen mir gelbe und zugleich rote Lichtblitze entgegen. Ich sehe in zwei blutunterlaufene gelbe Augen. Die fahle und welke Haut ist von dicken Adern durchzogen.

Ich blicke in das Gesicht einer entstellten, uralten Frau.

Wieder greift sie in ihren Korb. Sie nimmt einen goldenen Kamm heraus. Bedächtig und sorgsam fährt sie damit durch ihr langes Haar. Der goldene Schein von Kamm und Haar erhellen für wenige Momente diesen Ort der Finsternis.

Sie wendet sich von mir ab und setzt die Verteilung ihrer Gaben an weitere Personen im Raum fort.

Erst jetzt bemerke ich die riesige Menschenmenge. Es ist zu dunkel, um ihre Gesichter genau zu erkennen. Im Schein des Fackellichts blitzt mal ein Auge, mal ein Haarschopf auf.

„Nehmen Sie auf dem Zeugenstuhl Platz." Erneut die unsichtbare Stimme aus dem Dunkel.

Unter einem Zeugenstuhl stelle ich mir etwas anderes vor. Etwas Schlichtes. Ganz sicher nicht einen mit rotem Samt überzogenen Sessel. Nun lässt sich die anmutige Schönheit auf ihrem Zeugenthron nieder.

Vor dem Sessel steht ein kleiner verschnörkelter Tisch. Auch für die Zeugin wurde ein Festessen vorbereitet. Ein großer Teller Gänsebraten steht bereit. Und ein Glaskelch mit rotem Wein.

„Greifen Sie zu, Frau Zeugin! Prost!" Mein Vater erhebt das Glas.

„Sie dürfen auch gerne zugreifen, Herr Vorsitzender." Die blonde Schönheit löst das Band von ihrem Haar. „Und ihre Freunde natürlich auch."

Der Saal johlt und pfeift. „Ausziehen! Ausziehen! Ausziehen!"

Die schöne Sandra erhebt sich aus ihrem Zeugenstuhl. Mit aufreizendem Gang und begleitet von Pfiffen aus der Menge schreitet sie die Stufen hinauf zum Hohen Gericht. Nun steht sie genau vor dem Schreibtisch meines Vaters. Der nickt dem Protokollführer zu. „Franz. Der Nachtisch."

Franz eilt herbei. Er packt die junge Frau an den, so scheint es, genau für diesen Zweck vorgesehen Hüften. Er hebt sie auf den Richtertisch. Den ehrwürdigen Schreibtisch meines Großvaters Maximilian.

Die Pfeife raucht im schwarzen Sessel. Kein Raum, kein Hauch für Widerworte.

Das rhythmische „Ausziehen!"-Klatschen im Saal wird lauter.

Auch ich sitze im Saal. Wie die anderen Zuschauer sehe ich, wie Frau Zeugin ein weiteres Band löst. Dieses Band hatte bis eben den grell schimmernden weißen Stoff zusammengehalten, der ihre Brüste verhüllte.

Nun fällt das Tuch bis zu ihren Hüften herab. Auf der Haut ihres nackten Rückens flackert der Schein der Fackeln.

Sie schiebt ihren Rock nach oben. Sie trägt keine Unterwäsche.

Sie setzt sich auf den ehrwürdigen Schreibtisch. Die Hände meines Vaters greifen nach ihren Brüsten. Jetzt macht sie die Beine breit.

Der Saal tobt.

Staatsanwalt Achim stößt seine nackte Gespielin am Schlagzeug beiseite und geht auf das vorsitzende lüsterne Paar zu. Beisitzer Bernhard erhebt sich von seinem ehrwürdigen hölzernen Stuhl und gesellt sich zu den Hauptpersonen.

Alle drei Männer machen sich mit ihren Händen unter Sandras weißem Rock zu schaffen.

Das bis eben laute Gejohle im Saal ist nun weniger laut zu hören. Nur nicht das Hohe Gericht stören. Drum leise hecheln. Der Holden Luft zufächeln.

Der Nachbar macht's
Ich hör's tags und auch nachts
Doch nicht zur Holden schleicht er dann
Der Mägde Zimmer wird ihm aufgetan
Sonntags der Blick gebückt und keusch
Lauter als der Nächte Keuchgeräusch

das Rascheln von der Mägde Rock
erschallt der Münzen Klang im Opferstock

O Herr, sei gnädig mir und was gewesen
Du hast uns geschaffen als liebend Wesen
Wir sind eben nur Menschen, schwache
Erbarmen und Segen sei unter meinem Dache

Die Dunkelheit ist von Keuchen und Gestank erfüllt.

Nach einer Weile – der Saal, benebelt vom Ruß der Fackeln und dem roten Wein, der unaufhörlich jedem einzelnen Zuschauer im Saal nachgeschenkt wird – erschallt die Stimme meines Vaters:

„Nun, edles Fräulein …", mein Vater lallt, „wir warten auf die Verkündung Ihres Urteils."

„Zuerst noch ein Schluck Wein … Und nochmal Ihre Hand, Herr Vorsitzender!"

Meines Vaters Augen sind trunken von Gier.

Im Saal entblößen sich immer mehr Frauen. Blanke Brüste wabern vor meinen Augen. Es wird gelacht und gestöhnt.

Gleich in der ersten Reihe sitzt der Pfarrer. Das letzte Mal sah ich ihn mit dem armen Rehlein auf dem Glockenturm.

Dort sitzt er nun, und lässt sich die Darbietung und seinen Gänsebraten schmecken. Auf seinem Schoß – mein Onkel Jens.

Nun sehe ich meinen Vater erschöpft über der halbnackten Zeugin liegen. Ich muss einen Moment eingeschlafen sein. Benebelt von Lärm und Gestank in diesem Verlies.

Eine kräftige Stimme ertönt. Die halbnackte Sandra steht auf Vaters Schreibtisch. Sie hält etwas Funkelndes in ihrer Hand.

Ihr goldener Kamm ist es nicht. Es ist eine Mistgabel.

„Und hier das Urteil. Schuldig. Meine Mutter ist schuldig."

Die Stimme erschallt aus einem kleinen Fetzen weißen Kunststoffs.

Hab gekocht und gewebt mit der Kraft meiner Hände
Ein jedes Tagwerk geht einmal zu Ende
Mein Weg war bunt, ich bin zufrieden
Mir war Familie, Kind, Talent beschieden

Woher ich komm? Mein Rudel kennt kaum jemand mehr
Sie starben vor Hunger, durch Feuer, Schwert oder Gewehr
Ich suchte nach Wärme, einer Höhle und Futter
Verzeih, mein Kind, die Wildheit deiner Mutter

Gelehrt hab ich dich Freiheit, Frau sein und Mut
Dein bestandenes Zeugnis trägt als Siegel mein Blut
Die Natur war mein Leben, der Schnee und das Eis
Ich war einfach anders – und zahle den Preis

Fünf Männer rollen einen Holzwagen in den Saal. Ein großer eiserner Käfig steht darauf.

Mit weit aufgerissenen grünen Augen, bewegungslos, erstarrt, steht ein Wolf darin.

Da erheben sich die beiden Richter und der Staatsanwalt. Sie gehen – mein Vater voran – die Treppe hinunter zum Volk. Frau Sperber reicht meinem Vater eine Fackel.

Sein zufriedenes Lächeln hat Vater von der Bühne mit hier nach unten vor den Käfig gebracht. Der Feuerschein der Fackel offenbart es. In Vaters Augen ist ein Wort zu lesen: Sieg.

Ich erinnere mich, dass ich schon einmal etwas in den Augen meines Vaters lesen konnte:

All die Jahre habe ich immer wieder diesen Blick gespürt. Der mir so weh tut. Dieser Blick. Er ist schwarz wie die Nacht. Wie in einer Nacht, in der man nicht schlafen kann. Und schwarz wie ... wie die Tinte auf Mamas Zettel am 24. Dezember.

Ich sehe die engen schwarzen Linien, mit denen Mama meinen Namen geschrieben hat, noch einmal vor mir. Eng und ängstlich waren die Buchstaben geschrieben. Auf das weiße Blatt, das sich nicht wehren konnte.

Ich versinke im stechenden Blick meines Vaters. Versinke in den schwarzen Augen. Ertrinke fast in der schwarzen Tinte, mit denen seine Augen gefüllt sind.

Da sehe ich, wie die schwarze Tinte etwas weniger wird. Sie wird von etwas aufgesaugt. Einem Tuch. Einem weißen. In jedem seiner Augen schwimmt ein weißes Tuch in schwarzer Tinte.

Nun ändert sich die Form der weißen Tücher.

Aus dem einen wird nach und nach ... ein Reh.

Aus dem anderen wird nach und nach ... ein weißes Pferdeskelett.

Wieder und wieder steckt mein Vater die brennende Fackel durch die Gitterstäbe des Eisenkäfigs.

Der Wolf bewegt sich nicht.

Die roten Flammen spiegeln sich in den grünen Augen des wilden Tiers.

Doch anders als die blutunterlaufenen Augen der entstellten alten und zugleich jungen Frau Holl sind die Augen des Wolfs im Käfig friedlich. Sanft. Liebevoll. Und zeigen keine Angst.

Immer mehr Umstehende wagen sich aus der dunklen Deckung und näher an den Käfig heran.

„Klaus." Achim winkt meinen Vater zu sich. „Leuchte doch mal hierher." Mein Vater mit der Fackel in der Hand tritt an seine Seite.

„Da hängt nichts ... Ein Weib ist es! Eine Wölfin!"

Das Johlen kehrt zurück in den Saal. „Ein Wolfsluder! Die treibt's doch mit jedem! Pfui Teufel! Ins Feuer mit ihr!"

„Einen Schulbuben soll sie verführt haben. Das dreckige Weibsbild!"

„Das glaub ich nie im Leben. Sie hatte doch selber ein Kind. Musste es ganz allein durchbringen!"

„Das ich nicht lache. Das arme Kind war ihre Magd. Das Weibsbild lag doch nur im Bett und auf der faulen Haut. Und ihren Mann hat sie umgebracht. Und sein ganzes Geld geerbt."

„Sie war aber eine schöne Witwe. Mir hätte sie schon gefallen. Aber ich war ihr zu alt."

„Pass auf, was du sagst! Lass es nicht den Pfarrer hören."

„Ich hab's großzügig klingen lassen im Opferstock."

„Dein Glück! Ich bin Hochwürden noch zehn Gulden schuldig."

„Ich bin mir sicher, er wird dir gnädig sein. Geh einfach mal mit ihm zum Pilzesammeln in den Wald. Und zeig ihm was von deiner Nächstenliebe. Dann hast du wieder eine Weile Ruh."

Wieder kommen fünf Männer herbei. Jeder von ihnen trägt nun eine schwarze Henkershaube.

Das Schicksal der Wölfin ist besiegelt. Mit ihrem eigenen Blut.

Langsam wird es wieder hell. Und wärmer.

Das Tribunal ist verschwunden. Das johlende Dorf verstummt.

Aus dem Keller ist wieder ein Musikzimmer geworden.

Die Klangkunstwerke, wie sie da stehen, hatten eingeladen. Zum Ausprobieren, zum Erleben. Zum sich Verbinden mit einer anderen Wirklichkeit.

Jeder einzelne Musiker entscheidet selbst, was und wie er spielen, was er aus sich herausklingen lassen möchte.

Die Instrumente tragen eine Möglichkeit in sich. Vielfältigste, feinste Signale, sich auszudrücken. Sich einzubringen.

In den großen Gesang eines niemals endenden Kreislaufs. Mündend und entspringend im riesigen

Ozean. Im ewigen Rauschen der urkräftigen, unsterblichen Melodie des Werdens und Vergehens.

Alles ist möglich.

Kein Instrument ist jemals stumm. Kein Sänger jemals still.

Das Summen der Bienen hört nie auf.

Das Johlen des Dorfes auch nicht.

Manchmal poltern die Töne, laut und penetrant. Manchmal klopfen sie nur zaghaft an.

Wie Regentropfen, die an eine Fensterscheibe klopfen.

An die Scheiben von Veras Erkerfenstern. Oder an die von Leas Glasvitrine.

Die Tropfen erzählen von warmem Wasserdampf, der sich an einer von Eisblumen umrankten Fensterscheibe abkühlt. Von einem Hauch. Vom Atem der Natur. Sie erzählen vom Ozean. Von peitschenden Wellen. Von Wolken, die den perlenden Schaum dieser gewaltigen Wellen in sich aufnehmen. Tropfen für Tropfen.

Sie alle erzählen eine Geschichte. Von Tropfen, Nebelschwaden, Schneekristallen. Woher sie kommen, wohin sie gehen.

Und gleichzeitig immer schon waren.

Ich denke an Veras Ordner mit den Notenblättern.
Eine ganze Schar von Tönen und Melodien war wohl im Inneren der Komponistin erklungen. Ungeduldig wartend. Hintereinander drängend. Um endlich Gestalt zu erlangen. Fließen zu dürfen.

Auf den Punkt genau herausgeflossen. Intuitiv. Instinktiv.

Hier war komponiert worden. Etwas Gefühltes zu Papier gebracht.

Das Papier ist das Instrument für die Gedanken. Es drückt aus, was im Inneren des Komponisten ohnehin schon erklingt. Ob er Musik komponiert oder eine Geschichte erzählt.

Musik erzählt eine Geschichte.

Nun höre ich Schritte im Musikzimmer. Meine Hand auf der Türklinke fällt nach unten. Die Tür geht auf, ich verliere das Gleichgewicht – und Tom fängt mich auf.

„Manuel! Hoppla! Eben wollte ich nach dir sehen. Wo warst du so lange?"

„Nebenan. Bei Vera."

„Möchtest du Tee?"

Ich nicke.

Und denke wieder an meine Idee, in einem Leuchtturm zu arbeiten. Oder in einem Kirchturm.

Von einem Leuchtturm aus könnte ich Sirenen aufheulen lassen, wenn Leute sich im Nebel verirrten und mit ihrem Schiff das rettende Ufer suchten. Und ihnen ein Licht senden. In einem Kirchturm könnte ich mit der Glocke läuten, um den Menschen eine gute Botschaft zu schicken. Ich habe gehört, dass man in die Kirchenglocken Worte, Sätze, Wünsche, Gebete eingraviert. Einen schönen Gedanken. In eine riesige Glocke. Auf diese Weise konnte man einen Riesengedanken zum Klingen bringen und in die Welt schicken. Was für eine wundervolle Vorstellung. Aber auch was für eine große Verantwortung. Denn es musste schon ein wirklich guter und wertvoller Gedanke sein, den man da mit solcher Macht verschickte.

Und die Sirene, die aus einem Leuchtturm schallt: Sie muss laut sein, ja. Sie muss das Getöse im Meer, das gewaltige Rauschen der peitschenden Wellen übertönen. Doch ihr Klang sollte auch angenehm sein. Wohltuend wie das Glockenläuten vorhin. Warm. Mehr wie eine Flöte. Oder wie eine spanische Gitarre. Ein kunstvolles Musikinstrument. Das Hoffnung verbreitet, Zuversicht. Den richtigen Ton zur richtigen Zeit. „Haltet durch! Gebt nicht auf! Ihr seid auf dem richtigen Kurs! Bald seid Ihr am rettenden Ufer und bekommt einen warmen Tee vom Leuchtturmwärter!"

„Dann bin ich gleich wieder mit einem köstlichen warmen Tee bei dir, Manuel."

Vielleicht war Rapunzels Turm ja auch ein Kirchturm. Oder ein Leuchtturm.

Tom klopft an Veras Tür, wartet einen Moment. Dann streckt er seinen Kopf in die Tuchmacherei. Die beiden sprechen kurz miteinander. Dann geht Tom nach oben.

Beim Betreten des Musikzimmers wende ich meinen Kopf zur Seite. Die beiden Wäschestapel liegen noch immer auf dem Sofa. Man sieht, dass die Wäsche benutzt wurde. In den Tüchern ist keine gebügelte Strenge mehr erkennbar.

Ich setze mich auf das Sofa. Ich lege meine Hand auf den Stapel mit der Bettwäsche. Weich ist der Stoff. Einladend. Meine Hand sinkt darin ein.

Ich nehme die ganze Bettwäsche und lege sie auf meinen Schoß.

Mein Kopf wird schwer. Und ich lasse ihn auf die duftige Wäsche niedersinken.

Der Stoff nimmt mich in seine Arme.
Endlich.
Da ist er wieder. Der Duft von Wald. Von etwas mit Freude Geschaffenem. Von neuen Ideen und Lebendigkeit.
Von erlösten Zuständen. Befreiten Gedanken. Endlich durften sie heraus – aus der vollgepferchten Glasvitrine in unserem Haus. Der Zaun aus dem Mittelalter wurde überklettert.
Endlich.
Veras Duft wohnt in den Betttüchern. Ist darin eingewebt. Nun hat er meine Mutter erreicht. Und erlöst.
Vera ist die Tuchmacherin. Vera ist die Strickerin. Die alles mollig umhüllt.

Deine Mutter hat sich mir anvertraut, Manuel. Keiner durfte es wissen.
  Die Wäsche riecht nicht nach meiner Mutter.
  Die Wäsche riecht nach dir. Ich weiß eigentlich
  gar nicht, wonach meine Mutter riecht.
Es ist sehr traurig. Sie hat ihren Duft verloren.
  Als sie die Liebe verloren hat …
Als der Dichter, der so wunderbar Gitarre spielen konnte, aus ihrem Leben verschwand.
  Wusste er, dass meine Mutter schwanger war?
Er wusste es. Doch das Schweigegeld von den Eltern deiner Mutter war zu verlockend. Für einen armen Künstler.
  Dann war er kein Künstler. Dann hat weder die
  Kunst, noch die Liebe in seinem Herzen gewohnt.
Ich sehe, die Zeit ist reif.
  Vera …

Tom kommt mit einem Tablett zur Tür herein. Schnell hebe ich meinen Kopf von dem Wäschestapel. „Warte, ich nehme dir die Wäsche ab."

Ich streichle noch einmal mit der Hand über den weichen Stoff. Zum Abschied.

Es ist seltsam, Vera. Ich hege keinen Groll gegen sie. Du bist nicht umsonst in diese Familie hineingeboren worden.

In eine Familie von Jägern. Und Gejagten.

Tom nimmt den Stapel und geht damit noch einmal kurz aus der Tür. Dann setzt er sich zu mir auf das Sofa. Auf einem kleinen Tisch stellt er das Tablett ab.

Ich bekomme wieder die Tasse mit dem goldenen Henkel.

„Spielst du lieber E-Gitarre oder akustische Gitarre?" frage ich Tom.

„Die akustische, wenn ich allein spiele. Die E-Gitarre, wenn ich mit Freunden spiele."

„Mit Heiner und Achim?"

„Ehrlich gesagt … sie sind nicht gerade meine Freunde."

Wie ich es gespürt habe. Heiner und Achim dürfen nur um Vera herumschwirren. Heiner hat sich mit dem Platz am kuschelig warmen Kachelofen zufriedengegeben. Und süßen, heißen Speisen. Doch Achim sinnt auf fette Beute. Hungrig umkreist er den Zaun. Hinter dem Vera die Bassgitarre spielt.

Wie sie die Saiten berührt, mit ihren langen Fingern und Nägeln, das dürfen die beiden sehen. Veras Handwerk der Tonmacherei. Wie sie trotz ihrer langen Fingernägel das Zupfen und Niederdrücken der Saiten beherrscht, bleibt ihr Geheimnis.

Was hinter dem Handwerk steckt, hinter der sichtbaren Kunst, die unversiegbare Quelle, die alles speist, allen Klang und alle Schönheit – das bleibt ihnen verborgen.

Wie es ist, wenn sie mit ihren Fingern den Gitarrengurt löst und die Gitarre schließlich keinen Zentimeter ihrer weichen braunen Haut mehr verdeckt – das werden Heiner und Achim niemals erfahren.

Und auch nicht, wie es ist, wenn ihr nackter Körper zum Klingen gebracht wird. Wenn etwas erklingt, was in jedem nackten Körper ist.

Doch man muss sich trauen, nackt zu sein. Ungeschützt. Ungezähmt.

Geschöpfe der Natur zu sein.

Es geht um mehr als das Ablegen von Kleidern. Es ist das Hereinnehmen der Natur in das eigene Dasein. Das Annehmen der Wildheit. Als Geschenk. Und als Gesetz.

Das Geschenk bedeutet Glückseligkeit. Eins sein mit Allem.

Das Gesetz bedeutet Grausamkeit. Eins sein mit Allem.

Der Herzensdetektiv hat es erkannt, als er Schnee im Herbstwald ausstreute, um den Spuren des Rehs folgen zu können:

Es geht um die Geschöpfe des Herbstwaldes.

Sie wissen, dass sie gejagt werden. Wissen, dass sie mit Verfolgung und Tod rechnen müssen.

Weil sie anders sind. Weil sie mutig sind. Wild.
Sie führen das Leben, das mein Vater mit seinem Zaun abriegeln möchte. Es sind die Aschenputtels aus dem Mittelalter, aus Leas Vitrine.
Sie akzeptieren die Natur als gnädigen Taktgeber ihres Daseins, ihrer Bestimmung. Sie leben ihre Individualität, ihre Begabung, ihre Triebe.
So zu leben, ist das Gesetz der Natur. Und das großartige Geschenk der Natur.
Doch Geschenk und Gesetz anzunehmen, danach zu leben, braucht Mut. Die Bereitschaft, hinter einem Zaun zu leben. An dem das Dorf jeden Tag aufs Neue baut.
Die wilden Geschöpfe sind darin eingekesselt. Zum Abschuss freigegeben.

Mit der Entscheidung für ein Leben in Wildheit hat man sein eigenes Todesurteil gesprochen.

Ich denke noch einmal an das Märchen *Des Kaisers neue Kleider*.

Könnte man es denn auch anders verstehen? Könnte im anfangs so hochgepriesenen und schließlich des Betrugs bezichtigten Wirken von Webern und Schneidern nicht ein tieferes Verständnis von Schönheit versteckt sein?

Vergesst nicht unsere Natur – das könnte ein anderes Verständnis von Kleidung und Nacktheit sein.

Welch' Muster, welch' Farben, wie es kleidet, wie es sitzt
Ein wahrhaft meisterliches Stück
Hoheit – wie wollt Ihr jemals gerecht lohnen
Wie Weber und Schneider euch hier lassen thronen

Die geheimnisvollen Wesen des Herbstwalds. Wie sie sich und die Natur begreifen. Ihre Urinstinkte leben. Ihre Triebe. Um das Beste aus ihrem riskanten Dasein zu machen. In all seiner Wildheit.

Wie die Kunst aus ihren Körpern fließt. Der Körper selbst als Kunstwerk offenbar wird, alle Liebe und Schönheit ausdrückt, die in ihm wohnt.

Der Urgrund jeden Herzschlags, jeder Faser, jedes Atemzugs.
Wenn auf die Tannennadeln des Waldbodens der frisch geborene Nachwuchs eines wilden Tieres gleitet. Wenn Wasser und Blut die Erde berühren.
Wenn etwas Warmes und Weiches das unschuldige kleine Geschöpf berührt. Wenn eine einsame Wölfin mit ihrer Zunge alle Geborgenheit erschafft, die es braucht.
Wenn eine Mutter zur schützenden Höhle wird für ihr geliebtes Kind.
Dann erklingt der heilige Klang des Unbegreiflichen.
Der Atem der Unendlichkeit.
Veras Natur scheint durch jeden Faden ihrer Kleidung hindurch. Durch den noch so dicksten Wintermantel.

„Wenn Vera den Bass spielt – kann sie dann gleichzeitig singen?", frage ich Tom. „Ich stelle mir das ziemlich schwer vor."

„Da hast du den Nagel auf den Kopf getroffen. Es gibt nicht viele Bassisten, die gleichzeitig singen. Vera schon. Aber an die beiden größten Bass-Helden, die das beherrschen, kommt auch unsere Vera nicht ran."

„Und wer sind die beiden Helden?"

„Sting. Und Paul McCartney."

Ich nehme einen Schluck Tee. Es ist schwarzer Tee. „Aus England kommen tolle Musiker."

„Und toller Tee!" Jetzt trinkt auch Tom aus seiner Tasse. „Vera und ich, wir machen uns oft einen gemütlichen Gitarrenabend. Mit Musik von Gitarristen aus der ganzen Welt. An diesen Abenden spiele ich ihr vor. Sie liegt hier auf dem Sofa – und ich sitze zu ihren Füßen."

„Wie ein Minnesänger …" Ich spreche es aus, obwohl ich es eigentlich nur denken wollte.

Tom lacht. „Ganz genau!" Er stellt seine Tasse wieder ab. „Kaum zu glauben, dass du erst elf Jahre alt bist."

Das Alter, denke ich mir, was ist das schon. Eine Schachtel, in die man hineinsortiert wird. Und in die man irgendwann nicht mehr hineinpasst. Dann muss man in eine andere Schachtel umziehen. So wie ein Einsiedlerkrebs im Meer. Der sich immer wieder eine größere Muschel sucht, in der er wohnen kann.

Tom *wohnt* ja auch in den Klamotten eines Elfjährigen. Obwohl er ein erwachsener Mann ist.

Ich denke an Veras Daune zu Hause in der weißen Schachtel. Ich werde später in meinem Zimmer nach einer Muschel suchen. In meiner Kiste mit den Urlaubsmitbringseln aus Spanien.

In diese Muschel darf die Daune dann einziehen. Und irgendwann bringe ich die beiden ans Meer.

Vielleicht werde ich ja tatsächlich noch Leuchtturmwärter.

Der Gänsedaunen Kreislauf darf sich schließen
Ihr Blut befreit ins Wasser fließen
Das Feuer, das ihr Leben nahm
Entzündet hat's der feige Bräutigam

„Neulich hatten wir einen spanischen Abend. Da spielte ich Stücke von Andrés Segovia. Manchmal hören wir auch seine Musik auf CD. Vera liebt die Aufnahme seines Konzerts von Boccherini. Das Konzert für Gitarre und Orchester in E-Dur ..."

E-Dur. Der erhabene. Der erhebende. Der göttliche Ton.

„... Während meines Musikstudiums habe ich einen Satz gehört, den ich noch immer auswendig kann: *Wollte Gott zu den Menschen in Musik sprechen, so täte Er es mit den Werken Haydns. Doch wenn Er selbst Musik zu hören wünschte, würde Er Boccherini wählen.* Ein französischer Violinist soll das gesagt haben ..."

Gott spricht zu den Menschen in Musik.

„... Ach ja, und die Franzosen. Unvergessen der wunderbare Django Reinhardt. Das geht ja mehr ins

Jazzige. Ist nicht so ganz Veras Fall. Sie liebt das Romantische. Charles Aznavour und so. Obwohl Aznavour ja kein Gitarrist war. Bei ihm schmilzt sie dahin. *La Bohème*."

„Dann war dieser Aznavour auch eine Art Minnesänger."

„Genau so könnte man das sagen! In Frankreich sagt man zu Minnesänger *Troubadour*."

„Dieses Lied von Aznavour, bei dem sie dahinschmilzt …"

„… *La Bohème* …"

„… Worum geht es da?"

„Da geht es um das Leben der Künstler. In Paris. Dass sie einfach ihre Träume lebten. Ihre Liebe zur Musik. Zur Poesie. Zur Kunst eben. Und eben auch ihre Liebe auslebten. Also auch ihre körperliche."

Vera hätte sich vielleicht auch in meinen Vater verliebt. Meinen wirklichen Vater. Den Minnesänger. Seine Worte hätten sie vielleicht auch zum Klingen gebracht.

„In diesem Lied geht es aber auch um die Armut der Künstler. Die brotlose Kunst eben. Die Leute wollen unterhalten werden. Ein schönes Gedicht lesen. Ein gemaltes Kunstwerk besitzen. Aber die wenigsten möchten dafür bezahlen. Und schon gar nicht so viel, dass die Künstler davon leben können."

„Aber die Künstler entscheiden sich trotzdem dafür, ihren Traum zu leben."

„Sie können nicht anders. Würden sie es nicht tun …"

„… dann würden sie krank."

„Ganz bestimmt."

Ich denke an Onkel Jens. In seinem Atelier veranstaltet er regelmäßig Künstlerabende. Einmal war ich dabei. Um brotlose Kunst kann es sich bei Jens nicht handeln. In seiner Werkstatt ist alles vom Feinsten.

„Künstler können ganz schön unterschiedlich sein." Ich denke an Veras und meine Gedanken über meinen – wirklichen – Vater. Den Minnesänger.

Wusste er, dass meine Mutter schwanger war?

Er wusste es. Doch das Schweigegeld von den Eltern deiner Mutter war zu verlockend. Für einen armen Künstler.

Dann war er kein Künstler. Dann hat weder die Kunst, noch die Liebe in seinem Herzen gewohnt.

„Das ist ja auch das Schöne an der Kunst. Die Vielfalt." Tom steht auf. Er deutet auf die umherstehenden Instrumente. „Manche Künstler brauchen die Bühne. Da sind sie in ihrem Element. Sie rocken, was das Zeug hält. Und bringen den Saal zum Kochen. Andere tüfteln lieber im stillen Kämmerlein vor sich hin. Und scheuen sich sogar, ihre Arbeiten unter die Leute zu bringen. Doch auch viele bescheidene Künstler sind trotzdem berühmt geworden."

„Wer war oder ist zum Beispiel sehr bescheiden?"

Tom überlegt kurz. „Clara Schumann zum Beispiel. Die wunderbare Pianistin und Komponistin. Acht Kinder hatte sie. Manchmal musste sie sich die Zeit für ihre Musik regelrecht aus den Rippen schneiden. Wenn sie dann endlich wieder am Klavier saß, war sie unglaublich dankbar dafür, *nur noch in Tönen atmen* zu dürfen. Das ist ein berühmtes Zitat von ihr."

Nur noch in Tönen atmen ... Was für eine wunderbar komponierte Wortsinfonie.

„Und jemand, der den Saal zum Kochen bringt – wer fällt dir da ein?", frage ich Tom.

„Chuck Berry. Ganz klar." Hier hat Tom keine Sekunde überlegt. „Dieser Mann war ein Vulkan. Jeder Ton, den er spielte, versprühte Funken von Lebensfreude. Jeder seiner Töne transportierte Energie."

Ich betrachte die Instrumente. Und erinnere mich an meine Gedanken von vorhin:

Die Klangkunstwerke, wie sie da stehen, hatten eingeladen. Zum Ausprobieren, zum Erleben. Zum sich Verbinden mit einer anderen Wirklichkeit.

Jeder einzelne Musiker entscheidet selbst, was und wie er spielen, was er aus sich herausklingen lassen möchte.

Die Instrumente tragen eine Möglichkeit in sich. Vielfältigste, feinste Signale, sich auszudrücken. Sich einzubringen.

In den großen Gesang eines niemals endenden Kreislaufs. Mündend und entspringend im riesigen Ozean. Im ewigen Rauschen der urkräftigen, unsterblichen Melodie des Werdens und Vergehens.

Alles ist möglich.

„Tom ..."
„Ja."
„In Paris ... Da steht doch diese berühmte Kirche. Eine Kathedrale."
„Notre-Dame meinst du?"
„Könnte sein."
„Weißt du etwas darüber?"

„Auf jeden Fall. Letztes Jahr war ich mit Vera dort."

Das muss Vera gemeint haben. Als sie mir von einer Kathedrale in Frankreich erzählte. Und von der großen Liebe, die sich dort abspielte.

„Kennst du auch den Namen der Glocke dort?"

„Den kenne ich: *Emmanuel*. Sieh mal an. Sie heißt fast so wie du."

„Was weißt du noch darüber?"

„Oh, da würde ich jetzt eine Stunde nicht aufhören zu reden. Meinst du etwas Bestimmtes?"

Ich denke an Rapunzel. An Tränen, die heilen können. Ich denke an meinen Traum mit dem Pferdeskelett. Als mein Vater weinte. „Das klingt jetzt vielleicht komisch, aber ... Weißt du irgendetwas über ein Skelett in dieser Kathedrale?"

„Aber ja! Das Skelett der Esmeralda!"

„Esmeralda ... War sie Spanierin?"

„Sie ist eine Figur in einem Roman von Victor Hugo. Ein wunderschönes Mädchen, das bei Sinti und Roma aufgewachsen ist. Und in das sich der entstellte Glöckner von Notre-Dame verliebt."

Die Geschichte einer großen Liebe ... Vera hat es erwähnt. Als sie zu mir sprach wie das Orakel von Delphi.

„Vera kann dir mehr dazu erzählen."

Nun spüre ich, welche Fülle an Klängen, Worten und Geschichten in mich hereingeflossen ist.

Mir ist nach Ruhe. Mir ist nach einem weißen Sandstrand am Meer.

Veras Daune, zu Hause, in der weißen Papierschachtel, sie möchte ans Meer.

Zu Hause?

Ich erhebe mich von dem Sofa. Auf dem Lea und meine Mutter geschlafen haben.

Ich blicke auf die Instrumente. Die mir so Vieles erzählt haben.

Ich erinnere mich an das Tribunal beim Dorfwirt. An die junge Frau in ihrem weißen Polyesterkleid. An die Tochter, die ihre Mutter ans Messer lieferte. Und die an das johlende Volk im Dorfwirt weiße Daunenfedern aus ihrem Korb verteilt hat.

Meine Hände sind kalt. Ich greife in meine Jackentasche. Und spüre etwas Weiches darin. Und ein Stück Papier. Ich nehme es heraus.

Es ist eine weiße Daunenfeder. Mit einer kleinen bunten Wollkugel. Ein goldenes Etikett ist daran befestigt. Und es steht auch etwas drauf:

Sandra Holl – Cosmic Karma Mind Control

Die Feder ist weiß. Sie ist weich.

Und doch ist etwas Künstliches an ihr. Berechnung. Strategie. Eine Weichheit, eine Feinheit, die sein möchte – aber nicht ist.

Die Federn von Veras Tochter sind wie das grelle Licht, das das Rehlein ins Verderben lockte.

Nur Fratze ist ein solches Licht.

Es scheint nicht für die Welt. Nicht für die Schiffbrüchigen auf hoher See.

Hochmütiges und eitles Leuchten, in einem hohen Turm, in der Mitte eines Dorfes – so war es nicht gemeint.

Ein menschlich warmes Licht scheint nicht für sich selbst.

17 Das Gleichgewicht der Mächte

Als ich Veras Haustür hinter mir zuziehe und in den Schnee stapfe, stehe ich vor den dick eingeschneiten schmiedeeisernen Möbeln in ihrem Vorgarten. Vor dem Vogelhäuschen auf dem Teewagen haben sich zwei Spatzen eingefunden. Sie picken im Schnee. Ich kann die Körner und Samen erkennen, die darauf verteilt sind. Die Spatzen haben sich das Futter wohl aus dem Häuschen nach draußen geholt.

Ich merke, dass mein Besuch bei Vera noch nicht beendet ist.

Auf der kleinen Bank mit den frisch aufgeschütteten Kissen aus Schnee mache ich es mir daher gemütlich. Der Teewagen steht gleich neben mir. Die Spatzen lassen sich durch die Ankunft des neuen Gastes nicht stören.

Da raschelt es unter der Tanne. Und ich sehe ein Eichhörnchen auf dem durchsichtigen Futterbehälter mit den Nüssen und Samen hocken. Es knabbert beharrlich an einer Haselnuss.

Ich lege meine Arme über die Rückenlehne der Bank. Dabei rutscht etwas von dem Schnee in die Ärmel meines Mantels.

Der geschmolzene Schnee läuft über meine Unterarme in mich hinein.

Und ich denke an den Abend, als ich an Veras Hecke stand.

Der Schnee hat sich in Wasser verwandelt. Durch mich. Auf mir.

Ich lasse meinen linken Arm von der Lehne herabsinken. Meine Hand greift tief in den Schnee.

Erst ist er kalt, dann nass. Doch schnell wird man eins. Mit dem Schnee. Und dem Wasser.

Die Wärme in mir macht das Wasser möglich.

Ich verschenke meine Wärme. Ich gebe sie gern. Und großzügig.

Ich habe keine Sorge, zu viel zu geben.

Mein Blick fällt auf das Holzhäuschen unter Veras Vordach.

Das ist für die Insekten. Bienen und so. Hat sie gesagt.

Das Summen hört nie auf.

Auch die vom Schnee überzuckerten welken Blätter liegen nach wie vor unten an der Hausmauer.

Als ich das erste Mal hier stand, hatte ich noch gerätselt: *Immer diese Kombination aus Herbst und Winter.*

Der Herzensdetektiv hat seine Sache gut gemacht.

Ich spüre mein Herz schlagen. Der Schwung in mir macht mich weit. Ich öffne meinen Mund.

Dieser geheimnisvolle Schnee. Er lässt mich atmen. *Die kalte Winterluft strömt durch meinen geöffneten Mund. Sie erfrischt und wärmt mich zugleich. Ich empfange diese Luft wie der Acker das Wasser, wie das Korn die Sonne, wie das Waisenkind im Märchen die Sterntaler vom Himmel.*

Das Schlagen meines Herzens wird schneller. Und kräftiger. So, dass ich es beinahe höre. Was für ein heiliger, was für ein unbegreiflicher Ton.

Das Wasser, das meine Hand umgibt, mittendrin im prall gefüllten Schneekissen, wird warm. Die Wärme ermöglicht das Neue.

Nun spüre ich etwas zwischen meinen Fingern. Es fühlt sich an wie ein Korn.

Ich blicke zu den Spatzen neben mir auf dem Teewagen. „Das ist aber nett, dass Ihr euer Mahl mit mir teilt."

Da merke ich, dass ein weiterer Gast angekommen ist. Ich sitze nicht mehr allein auf der Bank. Agnes kuschelt neben mir. Die weiße Schönheit. Meine Hand liegt jetzt auf ihr. Tief eingesunken in ihr seidiges Fell. Und im Schnee, der uns beide umgibt. Weich und warm eingepackt.

Was ist Katze? Was ist Schnee?
Alles ist eins.

Ich denke an meine erste Begegnung mit Agnes.

Komm, Manuel. Setz dich zu uns. Magst du auf die Bank? Da ist es schön gemütlich. Kann nur sein, dass du dort später noch Besuch von Agnes bekommst.

Ich denke an die Tiere im Wald. Am Weihnachtsabend.

An das Reh am Holunderstrauch. An den Hund, der mich und die Karawane der Tiere zu dem hohen Holzturm begleitete. Der eigentlich ein Stall war. An die Schüsse der Jäger. An die Flötentöne des Hirten.

An den Stall der heiligen Familie.

Ich denke an die Fäden, an denen ich zu Rapunzel in den Turm emporgeklettert bin.

An das Pferdeskelett auf Veras weißem Teppich.

Ich denke an die unendlich vielen Fäden in Veras Webstuhl. Der aussieht wie ein Foltergerät. Wie ein Galgen. Ein Blutgerüst.

Am Schluss wurde Esmeralda, eigentlich hieß sie Agnès, als Hexe verurteilt und gehängt. Am Galgen von Montfaucon bei Paris. Quasimodo konnte es nicht verhindern. Die Geschichte endet damit, dass – Jahre nach Esmeraldas Tod – in der Gruft von Montfaucon zwei ineinander verschlungene Skelette gefunden wurden. Es stellte sich heraus, dass es Esmeralda und Quasimodo waren.

Der Liebende hat die Tote umarmt. Und ist mit ihr gestorben. Hat ihre Gestalt angenommen.

In Rapunzels Turm habe ich gesehen, wie der Wolf – nun weiß ich, dass es eine Wölfin war – wie sie mit ihren Tränen das Pferdeskelett in einen prächtigen Schimmel verwandelte.

Die Tränen des Quasimodo – auch sie sind auf das Skelett seiner Agnès getropft.

Warum hat man dann zwei Skelette gefunden? Wenn sie sich doch durch die Tränen der Liebe verwandelt haben?

O Freunde – habt Ihr die Verwandlung nicht bemerkt? Den offenbarten Zauber allen Seins?

Habt Ihr die kostbaren Fäden nicht erkannt, die aus den Knochen gesponnen wurden? Die neu gewebte Gestalt, die erschaffen wurde?

Auch der Kaiser im Märchen – ich glaube nicht, dass er nackt war, und auch nicht in Unterwäsche. Er trug einen Stoff, der durch Veras Webstuhl seine Gestalt erhielt. Oder einem anderen, von Menschen geschaffenen Martyrium.

Galgen gibt es viele.

Fäden – von verfolgten, todesmutigen Spinnern gesponnen.

Stoffe – von gequälten, todesmutigen Webern gewoben.

Kleider – von ermordeten, todesmutigen Schneidern zusammengefügt.

Verfolgte, gequälte, eingesperrte, ertränkte, gesteinigte, auf dem Scheiterhaufen lebendig verbrannte todesmutige Wölfinnen.

Am Anfang war ein einziger Faden.

Es schlägt die Stund', mein Herzschlag muss verklingen
Ich bitt' euch Glocken, für die Welt mein Lied zu singen
Vom Lachen und Lieben, das Frauen wie mir verwehrt
Auf dass die Freiheit des Herzens eines Tages wiederkehrt

Verwandeln mag sich Irrtum, Grausamkeit und Schmerz

Ihr Schwestern, holt uns ab, mein großes und mein kleines Herz
Der Liebesfaden, den ich spann, in meinem jungen Leben
möge ihn jemand finden, weiterspinnen und verweben

In Rapunzels Turm habe ich gesehen, wie mein Vater das Reh umarmen wollte. Doch seine Hände konnten es nicht greifen. Sie gingen durch die Gestalt hindurch. Mein Vater weinte. Von seinen Händen tropfte Blut.

Die Wölfin jedoch, sie konnte das Pferdeskelett umarmen. Benetzte es mit ihren warmen Tränen.

Da fängt das Skelett an, sich zu verändern. Es sieht zunächst aus, als würde Nebel aufziehen. Er wabert zwischen den Knochen. Dort bildet sich nun eine dünne durchscheinende Haut. Die schließlich immer dichter wird. Nun ist die Haut weiß. Nun ist es ein weißes Fell.

Faden für Faden wurde eingewebt. Verwoben in die knöchernen Kettfäden eines wundersamen Webstuhls.

Wäre es meinem Vater gelungen, das Skelett seines Aschenputtels zu umarmen – man hätte später drei Skelette gefunden.

Oder eben – nach der Verwandlung durch die Tränen – nichts.

Nichts als ein leises Summen.

Ich blicke auf die Herbstblätter an Veras Hausmauer. Sehe den feinen Schneestaub darauf in der

Sonne glitzern. Die Arbeitsspuren des Herzensdetektivs.

Dann höre ich ein Summen. Es kommt aus dem Holzhäuschen unter dem Vordach.

Ich bin noch da. Bin wieder da. Ich bin nicht tot.
  Vera ...
Dein Vater, Manuel ... Du weißt, vom Mord an seinem Rehlein hat er nie erfahren. Doch die Seelenpein seines Vaters, kurz vor dessen Tod, hat auch in deinem Vater einen feinen Faden entsponnen.
  Vera, ich höre es, Großvaters letztes Machtwort:

Mein Sohn, der Herr Gevatter klopft ans Fenster
Mein Leben war Macht und Geld – doch nun Gespenster
umkreisen drohend mein prächtiges Schlafgemach
Drum hab ich gebeten um einen Vertrag

Empfangen will die neue Welt einen Boten
der meldet die Ankunft des neuen Toten
Mein Erstgeborener, dir ist die große Ehre
Ich fleh zu Gott, mein Kind es mir nicht verwehre

Doch Vater, die Worte mir bitte verzeih
Man sagt, als nächstes beim Tod ist an der Reih
Solch schwarzer Ritter ganz vorn im Gespann
Das kannst du nicht wünschen mir jungem Mann

Was muss ich hören für furchtbar feige Töne
Nur Memmen waren mir vergönnt als Söhne

Tust du's nicht – deine Mutter wird dich ewig strafen
Ich kenn es wohl von meiner Qual im Ehehafen

Manuel ...
    Es kam einfach aus mir heraus.
    Nun weiß ich, dass mein Vater, der Ritter, der vor
    dem Sarg geritten, Angst vor dem Tod hat.
In einem Leben ohne Liebe wirst du niemals satt. Nur die
Liebe kann die Angst besiegen.
    Und was hat es auf sich mit dem Schimmelreiter?
Des Großvaters Worte – lausche ihnen weiter.

Erinner dich, mein Sohn an jene Nacht
als Mutter dir die Botschaft überbracht
Die Frau, die du geliebt, sie zog von dannen
Fluten von Tränen aus deinen Augen rannen

O liebe Mutter, nicht diese Töne
Von solcher Reinheit war meine Schöne
Schweig still! Ein Donnerhall von Mutters Lippen
Ein Teufelswesen, weiß, mager bis auf die Rippen

Sah man im dunklen Wald an ihrer Seite
Ein fahles Ross, welches ein Nebelwesen reite
Dorfmeister und Pfarrer sahen es einst in der Bucht
Tot, nur Knochen und Blut – es ist verflucht!

Das gelbe Büchlein ‚Der Schimmelreiter' im Arbeitszimmer
– in der Todesstunde übergab es der Großvater deinem Vater.

Ich denke an die Verurteilung der Wölfin. An Veras Prozess.

Frau Sperber, Vaters Sekretärin, fächerte ihm, dem Vorsitzenden Richter, mit einem großen gelben Papier Luft zu. Die Geschichte vom Schimmelreiter verfolgt ihn.

Und was ist mit Bernhard Frank. Dem Doktor. Er ist nicht zu Großmutters Beerdigung
gegangen. Weiß er von dem Mord? War das der Grund?

Ja. Er weiß es. Von deinem Onkel Jens.
Dann hat Jens letztendlich das Schweigeversprechen an seine Mutter gebrochen.

Die fußballspielende Studientruppe – die hält zusammen wie Pech und Schwefel. Das Foto in eurem Keller lässt es erkennen. Da herrscht der Korpsgeist. Ein unglaubliches Wir-Gefühl.

Warum hat es dennoch niemand aus dem verschworenen Korps meinem Vater gesagt?
Weil sie Angst um ihn hatten. Und haben.
Inwiefern?
Dass er sich selbst etwas antut.

So neu und fremd dieser Gedanke ist – so wenig überrascht er mich.

Nur die Liebe kann die Angst besiegen.
Mein Vater hätte eine Frau gebraucht wie dich, Vera.
Er hat mich auch gewollt.
Und dann lässt er dich umbringen?
Genau deshalb musste ich sterben.
Die Frau, die er begehrte …

… und nicht haben konnte.
… ein zweites Mal nicht haben konnte.
Das war zu viel.
Deshalb der Zaun.
Ich war der Stachel in seinem Fleisch.
Aber ist der Stachel denn jetzt verschwunden aus seinem Fleisch?

Das Fleisch muss bluten, bis es erlöst ist. Bis es den Stachel tief in sich aufnimmt. Bis es sich dem Schmerz hingibt. Bis es lernt, ihn zu ertragen.
Dann passiert das Wunder der Verwandlung.
Und eine neue Kraft entsteht. Es ist die Kraft der Liebe. Der Liebe zum Leben selbst. In all seinen Erscheinungsformen.
Auch den grausamen?
Auch den grausamen. Gerade den grausamen. Im Angesicht von Elend und Qual erkennen wir die leidvolle Dimension unseres Daseins. Die immer da ist. Das komfortable Leben, das so viele Menschen mit aller Macht anstreben, ist eine Illusion.
Auch ein harmonisches Miteinander ist eine Illusion.
Dein Vater hat mich nicht ertragen.
Es ist zu keiner Verwandlung gekommen.
Der Stachel in seinem Fleisch ist also noch da.
Das Rad der Grausamkeiten wird sich weiter drehen.
Der ewige Kreislauf des blutenden Fleisches.
Aber wie soll man jemals die Grausamen lieben können?
Die Grausamen wissen nicht, was sie tun.
Letztendlich sind sie grausam gegen sich selbst.
Beweine sie.

Der unaufhörliche Kreislauf des blutenden Fleisches.

Die Grausamen beweinen.

Meine Hand liegt noch immer auf Agnes' seidigem Fell.

Einmal träumte ich, sie zu streicheln bereite mir Schmerzen. Ich spürte ihr Leid aus der Vergangenheit. Ich spürte die Qualen der Agnes Weiß.

Ich bedanke mich bei der weißen Schönheit für die gemeinsame Teestunde im Schnee. Dann stehe ich auf.

Ich verabschiede mich von dieser Straße. Von diesen Häusern.

Als ich an Veras Hecke vorbeigehe, strecke ich meine rechte Hand aus. Und lasse etwas Schneepulver auf den Boden rieseln.

Vielleicht findet der Herzensdetektiv noch etwas heraus.

Ich setze meinen Weg fort. Es ist der gleiche wie in der Rauhnacht. Am Vorabend des 21. Dezember. Und wieder knirscht der Schnee unter meinen Füßen.

Nun spreche ich seine Sprache.

Das wird sich auch nicht ändern, wenn er geschmolzen ist. Im Gegenteil.

Es ist eine Sprache, die man nicht lernen kann. Es gibt keine Lektionen.

Es gibt eine Stille, die sprechen kann. Es gibt eine Stille, die Musik macht.

Der Weg in die Stille ist einsam. Und lang.

Der Weg zum Wahrnehmen der stillen Töne schmerzhaft.

Es gibt keinen Lehrmeister, keinen Guru, den du bezahlen kannst, damit er dich dorthin führt.

Geld ist nicht die Währung. Handel ist nicht der Weg.

Doch zahllose Händler sind jeden Tag fleißig am Werk. Mit Hochglanzprospekten markieren sie ihr Revier.

Diese polierten Möbel, der Turm in grellem Glanz – sie spiegeln den menschlichen Hochmut wider.

Sie besingen lautstark das, was der Mensch begehrt. Besitz. Überlegenheit. Macht.

Und eines ebenfalls: Unterhaltung. Ablenkung. Die Ablenkung von sich selbst und den eigenen Widersprüchen und ungelebten Sehnsüchten.

Im Lärm der Unterhaltung überhören sie den leisen Gesang der weisen inneren Stimme. Die unermüdlich und feierlich aus jedem Menschen erklingt.

Geld ist ihre Währung. Handel ist ihr Weg. Die Buchhaltung ist es, die für sie stimmen muss.

Die sprechende Stille dagegen ist großzügig. Sie verschenkt sich. Sie verzeiht.

Der Schnee umhüllt auch die Abgründe. Die tiefen und dunklen Schluchten der menschlichen Natur.

Die Stille und Gnade des Schnees kann selbst Mördern verzeihen.

Das unterscheidet den Schnee von den Menschen.

Die Stille und Gnade verschenkt sich nur in den Gesetzen der Natur.

Wer sich den Gesetzen der Natur unterwirft, lernt ihre Sprache. Die Sprache der Stille. Mit all ihrer Grausamkeit.

Das unterscheidet das Tier von den Menschen.

Nun stehe ich am Kirchplatz. Wo bis vor kurzem noch die Hütten des Weihnachtsmarkts standen. Als ich an der Stelle vorübergehe, an der Sandra Holls Federn in tanzten, wenden meine Füße plötzlich in eine kleine Gasse ab. Sie gehen wie von selbst.

An einem modernen Geschäftsgebäude machen sie Halt. Vor einem großen Schaufenster, das in der Form eines oben abgerundeten Tores gestaltet ist. Ähnlich wie ein Kirchenportal. Nur aus Glas. Und modern.

Links und rechts sind je zwei Säulen angebracht. Sie tragen eine Art von Giebelvorbau, der über dem Glasportal schwebt.

Ein Tor. Ungewöhnlich für ein Schaufenster. Es soll wohl an das Märchen erinnern, in dem man durch ein Tor geht – und danach mit einem wahren Goldregen beschenkt wird.

Kein Name ist zu erkennen. Nicht auf dem Fenster. Nicht an der gläsernen Eingangstür, die – flankiert von formschönem Buchsbaum in zwei Terrakotta-Amphoren – dem Auge der exklusiven Kundschaft schmeichelt.

Durch Fenster und Tür blickt man in einen großen und hellen Raum. Der Boden ist weiß. Ein paar hellgraue Stühle in modernem Design sind im hinteren

Bereich zu erkennen. Daneben eine weiße Säule. Mit einem kleinen Waschbecken.

Ist es das Wartezimmer eines Prominentenzahnarzts? Ein Büro für Innenarchitektur?

Wer hier herkommt, weiß vorher, was ihn erwartet. Und was er selbst erwartet.

Mir wird klar, dass ich gar nichts erwarte. Dass ich nur in dem Schritt lebe, den mein Fuß gerade in den Schnee tritt. In dem Schlag, der mein Herz gerade ins Schwingen bringt und mich in die Welt schickt.

Der weiße Raum verbreitet eine Atmosphäre der Exklusivität. Er zelebriert Überlegenheit.

Er kommt mir vor, wie die Stiefmutter und Stiefschwester von Aschenputtel:

Sie putzen sich heraus für ihren Auftritt beim königlichen Ball.

Genutzt hat ihnen das ganze Brimborium nichts.

Es ist nichts als Getue. Berechnung. Eine Strategie zum Erreichen eines persönlichen Vorteils.

Ich denke an das Etikett an der weißen Feder. Die Federn, die bei der Gerichtsorgie verteilt wurden.

Das ist der dazugehörige Raum.

Sandra Holl – Cosmic Karma Mind Control

Ich überlege nicht, drücke die goldene Türklinke nieder und stehe mit meinen Winterstiefeln auf einem weißen Teppich.

Eine hübsche junge Frau in einem weißen Hosenanzug taucht auf. Ihr langes blondes Haar trägt sie als elegante Hochsteckfrisur.

Anstatt mich anzusehen, blickt sie missbilligend auf meine Schuhe. „Würdest du bitte nochmal vor die Tür gehen? Auf den Fußabtreter, bitte. Und dann sagst du mir, was du hier möchtest."

Ich gehe einen Schritt zurück. Stehe auf dem Fußabtreter.

„Was willst du hier?"

Ich blicke auf eine weiße Theke, die neben der Eingangstür an der Wand steht. Darauf liegen Hochglanzprospekte. In einer Silberschale.

„Ich wollte ... nur einen Prospekt abholen. Für ... meine Mutter."

Sandra Holl zieht die Augenbrauen hoch, geht auf die Theke zu, nimmt einen Prospekt und übergibt ihn mir. Wieder spüre ich ihre spitzen Fingernägel. Wieder ist es mir unangenehm. Und wieder wird mir kalt.

„Warte. Ich habe noch ein aktuelles Infoblatt. Das gebe ich dir auch noch mit."

Sie verlässt den Raum. Als sie mir den Rücken zuwendet, erkenne ich das weiße Band in ihrem Haar wieder.

Ich sehe mir den Prospekt an. Er hat die gleiche goldene Farbe wie das Etikett an der Feder, die sie mir geschenkt hat. Und die gleiche Schrift.

Eine lichtdurchflutete Pyramide ist auf dem Titelbild abgebildet. *Cosmic Karma – Der Weg zum höheren Selbst – Mit Mentaltraining zu mehr Leistung und Erfolg* steht in goldenen Lettern darüber. Und darunter: *Seminare auch in Ihrer Nähe!*

Ein weißes Blatt rutscht aus dem Prospekt heraus. Es hat die Form einer Feder. Langsam segelt es auf den Boden. Den weißen Teppich.

Einen Moment tue ich mir schwer, das Papier auf dem Boden auszumachen. Was ist Teppich, was ist Papier? Schließlich hebe ich das Papier auf. *Preisliste* steht darauf.

Ich denke an Veras Teppich. An die Schneekristalle. An den Blick in die Sonne – als ich ein Schneekristall in Veras Teppich war.

Nun versuche ich zu ergründen, was ich bei dem Teppich in diesem Raum spüre.
100 % Schurwolle. 969,95 €

Dann blicke ich noch einmal zu der Theke mit den Prospekten. Auch eine Zeitung liegt darauf.

Ich verlasse den Fußabstreifer und setze meine Füße wieder auf den weißen Teppich.

Dann blicke ich auf die Zeitung. Die Seite mit den Todesanzeigen ist aufgeschlagen:

Wir trauern um
VERA HOLL

Sie war ein Stern in ihrer kleinen Welt. Möge sie nun eine größere finden.
Sandra Holl, Angehörige und Freunde
Die Urnenbeisetzung findet zu gegebener Zeit im engsten Kreis statt.

Statt Blumen bitten wir um Spenden für die Cosmic Karma Mind Control GmbH

Ich höre Schritte. Und beeile mich, diesen Verkaufsraum zu verlassen. Diesen Showroom des guten Geschmacks.
Die Stille und Gnade des Schnees verzeiht auch Mord.
Das unterscheidet den Schnee von den Menschen.
Ein Mensch kann das nicht. Ein solches Verzeihen wäre unmenschlich.

Manchen Menschen scheint diese Vergebung tatsächlich zu gelingen.
Doch nein – das geht weit über das Menschsein hinaus. Das ist etwas Höheres als Menschsein.

Tritt um Tritt, Schlag um Schlag schicken mich meine Füße und mein Herz weiter auf meinen Weg.
An meinen Füßen verschwinden die Winterschuhe. Das Gras des Frühlings streichelt meine Haut. Das Korn des Sommers macht sie widerstandsfähig. Die Blätter des Herbsts lassen sich kühlend darauf nieder.
Still sitzen, nichts tun, der Frühling kommt, das Gras wächst ganz von allein. Manuel, denk immer mal wieder an diesen wunderbaren Zen-Spruch.

Ich komme an einen Fluss. Im Schatten eines Baumes liegt schlafend ein alter Fährmann.
Leise setze ich mich neben ihn. In das Gras des Frühlings. Ich höre seinen Atem. Und kann nicht

sagen, ob es der Atem des Fährmanns oder der Atem des Frühlings ist.

In diesem Atem klingt ein tief empfundener Frieden. Ein regelmäßiges Geben und Nehmen. Ein Maß, das für ihn selbst bestimmt ist, und eines, das für die Welt bestimmt ist.

In diesem Atem ist Gerechtigkeit. Ist Ausgleich. Es ist ein göttliches Maß.

Ein Zustand, der alles verbindet. Die schaukelnden Zweige im Herbstwind mit den Wolken am sommerblauen Himmel. Die Spatzen auf Veras verschneitem Teewagen mit dem sprießenden frischen Grün aus den Körnern, die sie picken.

Still sitzen, nichts tun, der Frühling kommt, das Gras wächst ganz von allein.

Ich denke an den Schnee, der in meiner warmen Hand zu Wasser wurde. Als ich mit Agnes vor Veras Haus auf der verschneiten Bank saß.

Doch nun spreche ich seine Sprache.

Das wird sich auch nicht ändern, wenn er geschmolzen ist. Im Gegenteil.

Es ist eine Sprache, die man nicht lernen kann. Es gibt keine Lektionen.

Es gibt eine Stille, die sprechen kann. Es gibt eine Stille, die Musik macht.

Der Weg in die Stille ist einsam. Und lang.

Der Weg zum Wahrnehmen der stillen Töne schmerzhaft.

Es gibt keinen Lehrmeister, keinen Guru, den du bezahlen kannst, damit er dich dorthin führt.

Geld ist nicht die Währung. Handel ist nicht der Weg.

Doch zahllose Händler sind jeden Tag fleißig am Werk. Mit Hochglanzprospekten markieren sie ihr Revier.

Der Fährmann erwacht. Aus seinen alten Augen spricht er lächelnd:

„Mein Junge. Möchtest du auf die Insel? Mein Boot wird dich sicher hinüberbringen."

Ich denke an den Prospekt in Sandra Holls Showroom.

Ich sehe ein Bild in mir: Ein goldfarbenes Boot liegt an einem exklusiven Yachthafen vor Anker. In schwarzer Schrift steht Schwarz auf Gold *Cosmic Karma Mind Control* auf dem Boot.

Ein großes Schild ist am Steg angebracht, mit der Aufschrift: *Zum höheren Selbst. Für Mitglieder 969,95 €*

„Mein Transport ist umsonst", lächelt mich der alte Fährmann freundlich an.

„Ich danke dir, o Ehrwürdiger. Ich habe dich erkannt. Aber ich möchte diesen Weg alleine gehen. Und ich weiß nicht, ob die Insel mein Ziel ist. Mein Ziel ist dort, wo die Tritte meiner Füße und die Schläge meines Herzens mich hinführen."

„Auch wenn dein Weg durchs Wasser führt?"

„Das Wasser ist mein Weg."

Ich weiß nicht, wie es kam, dass ich an den Strand dieses Eilands gespült wurde.

War es ein Licht, das ich sah? Ein Flötenton, den ich vernahm? Eine Stimme, die meinen Namen rief?

Einen Moment war mir, als sei ich in einen Brunnen gefallen.

Ich sitze auf einem Felsen im Meer. Ein Mann hat mir Tee gebracht.

Ich konnte mich nur wenig mit ihm unterhalten. Er sprach Französisch.

„Je m'appelle Alfred Dreyfus. Je suis ici depuis l'année 1895. Je suis heureux de faire votre connaissance."

Ich blicke auf das weite Meer.

Plötzlich erklingt eine Art von Sirene. Doch ihr Ton ist sanft. Er klingt eher nach einer Flöte.

Manchmal fließen die Töne, laut und deutlich vernehmbar. Manchmal klopfen sie nur zaghaft an. Sind nur ein Vorschlag. Eine Möglichkeit. Eine Idee.

Wie Regentropfen, die an eine Fensterscheibe klopfen.

An die Scheiben von Veras Erkerfenstern. Oder an die von Leas Glasvitrine.

Sie erzählen von warmem Wasserdampf, der sich an einer von Eisblumen umrankten Fensterscheibe abkühlt. Von einem Hauch. Vom Atem der Natur. Sie erzählen vom Ozean. Vom gewaltigen Rauschen der peitschenden Wellen. Von Wolken, die den perlenden Schaum dieser gewaltigen Wellen in sich aufnehmen. Tropfen für Tropfen.

Sie erzählen ihre Geschichte. Von Tropfen, Nebelschwaden, Schneekristallen. Woher sie kommen, wohin sie gehen. Wo sie genau in diesem sind.

Und gleichzeitig immer schon waren.

Nein. Es ist der Klang einer Glocke! Wie kann das sein?

Ich blicke zum Strand. Alfred winkt herüber zu meinem Felsen.

„Voilà notre Emmanuel!"

„Le Bourdon! De la Cathédrale de Notre-Dame à Paris."

Er deutet auf einen Turm, der hinter ihm steht. Und der mir noch gar nicht aufgefallen war.

Nicht zu glauben. Ein Leuchtturm mit einer Glocke.

Ich denke an Vera. Ich denke immer an Vera.

Du möchtest doch einmal in einem Turm arbeiten. Es könnte auch ein Kirchturm sein, hast du gesagt. Oder gedacht. Du liebst den Klang der Glocken. Es gibt eine Glocke. In einer Kathedrale. In Frankreich. Die Glocke trägt deinen Namen. Lies über diese Kirche. Und über die große Liebe, die sich dort abspielt. Lies über die Gruft von Montfaucon. Und denke dabei an das Märchen von Rapunzel. Und an die Bedeutung der Wassertropfen.

„Ah, oui! Merci!" Ich winke zurück.

Man muss nicht alles verstehen. Irgendwann hat man keine Fragen mehr.

Ob e-Moll oder E-Dur. Ob Zen-Buddhismus oder Prophet Jesaja.

Der Wind weht über meinen Felsen im Meer.

Ich denke an die Wölfin. Ich denke immer an die Wölfin.

Ich leere die Taschen meiner Jacke. Und stelle die weiße Papierschachtel, die ich von Vera bekommen habe, vor mir auf den Stein des Felsen. Die Muschel, die ebenfalls in meiner Jacke hatte, lege ich daneben.

Dann nehme ich Veras Daune aus der Schachtel.
Der Wind streichelt sanft die zarte weiße Flocke. Die seidenweichen Härchen tanzen in meiner Hand.

Ich erinnere mich an das Lied, das Vera mir vorspielte:

Marcia tanzt
Marcia, sie tanzt auf Satin, Viskose,
Styropor, unter ihren Füßen ausgebreitet.
Marcia tanzt auf Beinen, scharf wie Fallbeile.
Zwei Pfeile, die einen auf Gedanken bringen,
Gefühle hervorrufen.

Der Polyesterstoff ihrer eigenen Tochter war ausgebreitet. Unter Veras Füßen. Bei ihrem letzten, bei ihrem qualvollen Tanz.

Scharf wie Fallbeile trafen die Worte der Tochter das Herz der Mutter in ihrem Wolfsbau.

Eine kräftige Stimme ertönt. Die halbnackte Sandra steht auf Vaters Schreibtisch. Sie hält etwas Funkelndes in ihrer Hand.

Ihr goldener Kamm ist es nicht. Es ist eine Mistgabel.

„Und hier das Urteil. Schuldig. Meine Mutter ist schuldig."

Die Stimme erschallt aus einem kleinen Fetzen weißen Kunststoffs.

Ich klettere von meinem Felsen.
Vorsichtig lege ich die Daune in die Muschel. Dann lege ich die beiden auf den Sandboden.
Eine Welle wird kommen und Muschel und Daune nach Hause holen.

Das geheimnisvolle Wesen des Herbstwalds. Wie es sich und die Natur begreift. Seine Urinstinkte lebt. Seine Triebe. Das Beste aus seinem Dasein zu machen. In all seiner Wildheit.

Wie alle Kunst aus seinem Körper fließt, der Körper selbst als Kunstwerk offenbar wird, alle Liebe und Schönheit ausdrückt, die in ihm wohnt.

Der Urgrund jeden Herzschlags, jeder Faser, jedes Atemzugs.

Wenn auf die Tannennadeln des Waldbodens der frisch geborene Nachwuchs eines wilden Tieres gleitet. Wenn Wasser und Blut die Erde berühren.

Wenn etwas Warmes und Weiches das unschuldige kleine Geschöpf berührt. Wenn eine einsame Wölfin mit ihrer Zunge alle Geborgenheit erschafft, die es braucht.

Wenn eine Mutter zur schützenden Höhle wird für ihr geliebtes Kind.

Dann erklingt der heilige Klang des Unbegreiflichen.

Der Atem der Unendlichkeit.

Dieser Roman ist Agnes Weiß, Agnes Bernauer, Vera Brühne, Surmelina und Esmeralda gewidmet – allesamt Frauen, die ihren Mut zu einem selbstbestimmten Leben mit dem Tod bezahlen mussten.

Alle. Bis auf Vera Brühne. Sie wird im Jahr 1962 – in einem Schauprozess, der einer Hexenjagd gleichkommt – zu lebenslanger Haft verurteilt (und kam schließlich nach 18 Jahren Gefängnis frei). Ein Fehlurteil, wie sich später herausstellt. Ein bodenloser Justizskandal.
Die Attraktivität und das selbstbewusste Auftreten der "Hexe", des "blonden Teufels" erhitzt die Gemüter der prüden Gesellschaft in den 1960-er Jahren derart, dass sie zur Übertragungsfläche für alle Phantasien der "Nymphomanie" wird. Nach dem Motto: Wer ein freizügiges Leben führt, dem ist auch ein Mord zuzutrauen. Es gab niemals Beweise für den ihr zur Last gelegten Doppelmord. Nur Indizien.

Agnes Weiß, ebenfalls attraktiv und alleinstehend, wird als "Hexe von Schongau" 1592 auf dem Scheiterhaufen verbrannt.

Agnes Bernauer, die "nicht standesgemäße" Gefährtin von Herzog Albrecht III. in Bayern, wird 1435 in der Donau ertränkt.

Fast alle Männer des Dorfes begehren Surmelina (aus dem Roman Alexis Sorbas von Nikos Kazantzakis). Aber es ist ein Fremder, den die attraktive Witwe schließlich erhört. Der jedoch kann nicht verhindern, dass Surmelina "für ihr Vergehen" vom ganzen Dorf – nach dem Kirchgang – gesteinigt wird.

In die schöne "Zigeunerin" Esmeralda (eigentlich Agnès, aus dem Roman Notre-Dame de Paris/Der Glöckner von Notre-Dame von Victor Hugo) verlieben sich ebenfalls viele Männer. Eine von Eifersucht und Diskriminierung brodelnde Atmosphäre eskaliert. Esmeralda wird der Hexerei angeklagt, gefoltert und am Galgen hingerichtet.